詩人たちの運命
―漢詩夢想―

本間洋一

和泉書院

目次

梅花飛乱——説きがたり平城天皇——

1

安殿様（平城天皇。七七四—八二四）のことなどをお話し申し上げよ、とのことでございましたが……はい、仰せの通り、確かに私はかつてお仕え申し上げておりました者でございますが……。私のようなさして学問もございません卑賤な者のお話しで本当によろしいのでございましょうか……。

ええ、私が安殿様の御許に参りましたのは、御元服なさいました年（七八八年。十四歳）の夏のことでございまして、私は当時十九歳でございました。その頃、父帝様（桓武天皇。七三七—八〇六）におかせられましては、確か御寵愛の旅子様（藤原百川の娘。淳和天皇の母。三十歳で没）を亡くされお悲しみだったということを記憶致しております。

安殿様は帝の御長子で、平城京でお生まれになり、幼少期を過ごされたとのことですが、その頃は都遷り（七八四年）で、長岡京にお住まいになられ、皇太子様として御学問に励まれる日々でございました。好んで書物をお読みになられ、漢詩なども詠まれておられましたので、お仕えしていらっしゃいました菅野真道（東宮学士。七四一―八一四）様も殊の外お喜びでございましたが、ただ少し御身体が弱く、病がちなところをとても御心配申し上げておられました。……ええ、父帝様が剛健で遊猟を好まれましたのとは随分と異なりますですよね。

それからしばらく致しまして、母君様（藤原乙牟漏。七九〇年閏三月に三十一歳で没）が病でお亡くなりになられました。安殿様には、それはそれは耐え難いお悲しみのようにお見受け申し上げました次第でございます。とても母君様を慕っておられた心優しいお方でしたから……。側でお仕えしていた方々もその御憔悴ぶりにどうお慰め申し上げたら良いものかと戸惑うばかりでございましたとか伺っております。私も同じ年頃に流行病で母を亡くしておりましたので……ええ御多感な年頃でございましたから、さぞ喪失感も大きかったことでございましょう。弟君の神野様（嵯峨天皇。七八二―八四二）はまだ少し幼くて、母君様の死を十分には御理解できていなかったように存じました。もっとも日頃母君様が病がちでおられましたので、その代わりにお側に女官も多くお仕えしておりましたから、あまり淋しさを感じずにおられたということもあったかも知れませんですね。神野様は安殿様とは対照的で、長じられてからは父帝同様に遊猟を好まれ……ええ、お父上を上回る大変な色好みでもいらっしゃいましたですね（笑）。でも安殿様と御同様に御学問もお好きで、漢詩などにも優れておられましたから、詩をお作りになる宴をしばしば持たれ、漢詩集の編纂もお命じになったりされました。小野岑守様（七七七―八二二）が中心になりおまとめになられました集（『凌雲新集』）の巻頭には安殿様の御作も収められているとのことでございますね。そう言えば、岑守様は安殿様の詩の宴にも御出席なさったことがおありでした。はい、御父上様（永見）は安殿様の師でもあられた賀陽豊年（東宮学士。七五一―八一五）様ととても親しくしておられたようでございます。

2

長岡京造営が不幸な事件（藤原種継暗殺。七八五年）で頓挫してしまいまして、平安京に再び遷都（七九四年）することとなりましたが、新都造営は大変な難事業でございましたようですね。東の賀茂川、西の大堰川（桂川）は大雨になりますと氾濫し易うございました。洛中の小河川も勿論でございますが……。堤や街路の補強に柳をたくさん植えたり致しまして……これもなかなかに風情あるものでございますが、何と申しましても、都の名物と言えば、周囲の山から移し植えられた桜の美しさでございましょうね。確か安殿様の御作にもございましたですよね。

賦㆓桜花㆒　　桜の花を賦す

昔在幽岩下　　昔幽岩の下に在りて

光華照四方　　光華　四方を照らす

5　梅花飛乱

忽逢攀折客
含笑亘三陽
送気時多少
垂陰復短長
如何此一物
擅美九春場

忽かに　攀折の客に逢い
笑みを含みて　三陽に亘る
送気　時に多少ぞ
垂陰　復た短長
如何んぞ　此の一物の
美を九春の場に擅するを

（『凌雲新集』）

現代語訳　以前桜花は奥深い岩山のもとに在って、輝くばかりの美しさで周囲を照らしていましたが、ふとめぐり会った人に愛で手折られて、こうして（都の中で）笑みをたたえるように春の季節に咲きわたっているのです。花の香りはどれ程でしょう（なんとも多いことですね）。枝垂れた花の影もまた短かったり長かったり（で趣深いものがありますね）。一体どうしたものでしょう、この桜というものが、春の季節の美しさをひとり占めにしてしまうなんてね（まことにえも言えぬ素晴らしさですよね）。（五言律詩）

安殿様の詠詩を御覧になった師の賀陽様がどれ程お喜びになったことか……満面の笑みで仰ったのですよ。桜は大唐の都長安の名高い牡丹にも比すべき存在となるだろう。そして、この御作は桜を詠じた漢詩の逸早きものとして、後世の人々の記憶に残るものとなるに違いない、と。

ええ、安殿様は季節の中でも春が最もお好きでした。花がとにかくお好きで、就中梅花を……春の到来を告げる花ですよね……愛されて、なかなか優れた御作があるのだと賀陽様も仰っておられましたですよ。

落梅花
二月云過半
梅花始正飛
飄飄投暮牖
散乱払晨扉
萼尽陰初薄

落つる梅の花
二月も云に半ばを過ぎ
梅花　始めて正に飛ぶ
飄飄として　暮の牖に投り
散り乱れて　晨の扉を払う
萼も尽きなんとして　陰初めて薄く

英疎馥稍微　英も疎らに　馥稍く微かなり
再陽猶未聴　再陽　猶未だ聴かず
誰為惜芳菲　誰が為にか芳菲を惜しまん

現代語訳　二月も半ばを過ぎ、梅の花もまさに飛乱する頃となった。花びらはひらひらと夕べの窓辺にやって来たり、散りじりに乱れ舞っては朝方の戸口に至る。花も散り尽くす頃ともなれば（花の）影もうすらぎ、花房もまばらになると香りも次第にかすかになってゆく。（こうなってしまっては）再び春に戻るなどということはいまだ聞いたこともないが……さて一体誰のためにこのかぐわしい梅花を惜しもうか（せめて私自身は存分に惜しむこととしよう）。（五言律詩）

詠㆓庭梅㆒　庭の梅を詠う

庭梅競艶色　庭の梅は　艶かな色を競い
朝暮正芳菲　朝暮に　正に芳菲たり
可惜春風下　惜しむべし　春風の下に

落花一乱飛　落つる花の　一に乱れ飛ぶを

（以上『経国集』巻十一）

現代語訳　庭の梅はみずみずしく美しい色を競うかのように花開き、朝も夕べもまさにかぐわしく香っている。心からいとおしくてならないのだ、春風のもとに、梅花の花びらがひたすら乱れ飛ぶのを目にしていると。（五言絶句）

安殿様はかぐわしく咲き匂う梅花よりも、飛乱する梅花を……何でも楽府とか申します御題にもあるそうでございますが……好んで詠まれました。賀陽様がその理由をお尋ねなさいましたところ、安殿様の仰るには、何でも母君様との幼い頃の思い出があるのだと……。平城京にお住まいの頃、まだお元気でおられた母君様と梅林に遊ばれたことがあったそうでございます。かぐわしい梅花が風に舞う中、共に戯れ遊ばれたことが御心に強く刻まれているようだと、賀陽様は仰っておられました。

はっ？　賀陽様のことでございますか？　はい、賀陽様は何事にも筋を通される誠に気骨ある御方でいらっしゃいましたですね。世上は身分の上下を問わず、欲得の渦巻く世界でございますから、多くの不条理もまかり通っておりますが、そうしたことについていつも忌憚のない発言をされる御方でしたから、権勢を振るっていらした方々からは相当に煙たがられておられたようで、当代随一の学者として人々の尊敬をあつめておられる一方で、御身分には恵まれない方と、噂されたりしておられました。

でも、実はとても情誼に厚い親しみのある御方で、私にとりましては、大恩を受けました御仁にございます。そう言えば、確かいかにも賀陽様らしい漢詩がございましたですよね。

高士吟

一室何堪掃

九州豈足歩

寄言燕雀徒

寧知鴻鵠路

（『凌雲新集』）

高士の吟

一室　何ぞ掃くに堪えん

九州も　豈に歩むに足りんや

言を寄す　燕雀の徒よ

寧んぞ知らん　鴻鵠の路を

現代語訳　高士（世俗を越えた立派な人物）たる者は一室など掃くにたらない（後漢

の陳蕃は「大丈夫たる者なら天下を掃くべし」と言ったではないか。『世説新語』徳行）。また、魏の曹植の詠じた（「五遊詠」）ように九州（国内全土）とて歩むに足りぬ。言ってやろう、燕や雀の如き小人どもよ、空高く飛翔する鴻鵠のような大いなる者の志がどうしてお前達に理解できようか（『史記』陳渉世家）。（五言絶句）

そうそうそんな御作でしたですね。

3

安殿様が父帝様の御崩御を経て御即位なさいましたのは、延暦二十五年（八〇六。大同元年）、三十三歳の時でございました。はい、父帝様の御臨終の臥処に駆けつけられた時の動揺ぶりに、宮中の方々が殊の外驚かれましたとか……。何でもお悲しみのあまり、感情も露わに、父帝様に取り縋り、泣き叫ばれて御自身の胸を叩いたり、床を激しく蹴られたりなさいましたとか……。でもそれは、賀陽様の仰るには格別異とするに及ばないとのことでしたが……。恐らくは『孝経』と申します経典の一節（喪親章に「孝子の親を喪うや哭して依せず。礼は容ること無く……擗踊哭泣して、哀しみ以て之を送る」）に従ったものかとのことでした……唐突な感は否めませんが……。もっとも年を踰えずに、「大同」と改元されたことにつきましては、流石に気にされておられたようでございます。

その頃の安殿様については……私なりに思うところもございました。それを述べます前に、安殿様と父帝様の親子関係について、先に少しお話し申し上げておくべきかと存じます。

父帝様の大事業の一つ、遷都の背景には、平城京の仏教界の政事への侵蝕に承服しかねるところがあったからとも伺っております。あの聖武天皇様から孝謙・淳仁・称徳帝の御代（七二四―六九）にわたり、「積習弊を成す」（積み重なる習慣が害を成す）とか賀陽様も仰っておられましたが……はい道鏡禅師が公卿の首班の太政大臣になるというようなこともございましたですね。帝は国家としてのありように危機感を募らせておられ、それを克服することと、国内の隅々に至るまで支配を確立する、それが最も重要な課題なのだと説いておられたそうでございます。皇太子となられる以前より支えて来られた藤原百川様やその後に側近として仕えていらした多くの方々も、国（の行政組織や財政）を建て直すべく奮闘される帝に敬服されておられたとのことでございます。詳しい政事のことなど、私ごときに理解できるはずもございませんが……。お亡くなりになられます少し前、病床で帝自ら治政の統括をなさいましたとか……。ええ、参議のお二人、亡き寵臣百川様の愛息緒嗣（おつぐ）様（三十二歳）と菅野真道様（六十五歳）の間で行われました、世に云う「徳政相論（とくせいそうろん）」（八〇五年十二月）でございますね。帝はこれにより進めてこられた二大事業――宮都造営と蝦夷（えぞ）征討――をお停（と）めになられました。父帝様におかれましては、恐らく御自身の施政に遠慮せず、安殿様には安殿様の御代（みよ）にふさわしい、新たな覚悟で政事に取組んで欲しいという親心を示されたものだったのでございましょうね。御生前に参議以上の方々を枕辺に召され、安殿様を支えるよう指示されておられたと、中将様……はい藤原真夏（まなつ）様（安殿の忠臣。冬嗣（ふゆつぐ）の兄。七七四―八三〇）から安殿様も伺っておられましたようでございます。ですから亡き父帝様への思いが、あの時激情となって溢れてしまわれたのではないかと、私は思いましたのでございます。

安殿様は幼い頃よりずっと偉大な父帝様を見習わねばと重圧を背負っておられたように存じます。が、その一方で父親としての帝に反発する思いもございました。父帝様が多くの女性（ひと）のもとへと心を移され、御生前の母君がそれを怨み嘆かれ気に病んでおられたことを、身近で感じておいでのようでしたから……。

改めて想い起こしてみますと、母君を亡くされた安殿様は心の繊細な内向的な方でいらした上に、周囲から怨霊（廃太子早良親王）の祟りと言われました御病状のことなどもございまして、次第に孤独感を深め、心の均衡を崩されがちになっておられたように存じます。そんな時に現われたのが薬子様でございます。御父上様（藤原種継）の悲劇もございまして、お労しいことでしたが、中納言様（藤原縄主）に嫁がれまして御子にも恵まれておいででした。その姫君が安殿様の室となられましたので、春宮御所にも出入りなさるようになったのでしたが、誠に話術の巧みな方で、忽ちのうちに安殿様を籠落なさいましたようでございます。父帝様は彼女を危殆の女と厭い、一旦は退けられたのですが……安殿様は色を作して抗いなさいましたとか。これはまったく私の勝手な想像に過ぎませんが……薬子様の御容姿にはどこか亡き母君を想い起こさせるところがあったのではないかと思うのです。父帝様亡き後はいつも身近にお召しでしたとか伺っております。

4

安殿様の御即位後は、私も御許（おもと）を離れまして、賀陽様の処に身を寄せさせて戴いておりました。それでほとんど日常の安殿様を窺う機会もなくなりましたが、賀陽様の御話によりますと、あの神泉苑での秋の宴（大同二年九月二十一日）は、それはそれは素晴らしいものでございましたとか。琴歌が奏でられ、四位以上の殿上人の方々や上卿の皆様まで、花を挿頭（かざし）に集（つど）いました中、皇太弟となられた神野様が帝安殿様に、

みな人のその香にめづる藤袴（ふじばかま）君のおほもの手折りたる今日（けふ）

と頌歌を奉られたそうですね。すると帝もすかさず、

折る人の心のまにま藤袴うべ色深くにほひたりけり

と御返しなされましたとか。御兄弟相和す麗しさに、居並ぶ方々も「万歳」を称されましたと承っております。

ところが、それから程なく伊予親王様やその母君を死に追い詰められました頃（十一月）、体調を崩されていると仄聞し、胸騒ぎを覚えたことでした。賀陽様も、何故に父帝と同じようなことをなさるのか、御自身もそれで十分苦しんだはずなのに……と訝しく思っておられました。それからしばらくして突然に皇太弟に御譲位（大同四年四月）なさいまして、平城京へとお帰りになった（十二月）のでございました。どなたもとても驚かれたとのことでございますね。

御即位なさった神野様と言えば、先にお話し申し上げましたように、大変風雅を愛される艶福家で御子様方も数知れず（笑）という程で、政事に意欲をお持ちとはどなたも思っておりませんようでしたけれど、皇太弟でいらしたので致し方ございませんよね。でもその後、新帝御病悩のことが伝えられるや、怨霊の祟りとの心ない噂もございまして、安殿様の重祚（再び帝位に即くこと）も囁かれ、遂には平城京への遷都を安殿様がお命じになったり（弘仁元年〈八一〇〉九月）と、混乱を招かれましたのは誠に残念なことでございました。賀陽様には、御側近の真夏様より御意を承り、平城京へのお誘いもあおりだったそうでございますが、かねてより薬子様を嫌っておいででしたので御辞退なされたとのこと。こうして世に云う「二所朝廷」となり、藤原薬子・仲成御兄妹のあの事件（「薬子の変」とも「平城上皇の変」とも）が起こったのでした。事件の経緯、真実など私のような者にわかろうはずもございませんが、御兄妹の死をもって早期に事は終息致しました。その後、安殿様には御出家され、皇子様方も御不運なことでございましたし、真夏様はじめ近臣の方々も左遷の憂き目にあわれましたのは、誠にお労しいことでございました。

その年の暮れのことでしたでしょうか、私は賀陽様の書状を懐に、人知れず安殿様のもとへと参りました。御書面の内容など私の預かり知らぬところでございますが、お取次の方にお渡しして帰りしなに、お仕えしているお一人にお尋ね致しましたところ、太上皇様におかせられましては、一時とは全く異なり、静かな落ち着いたお暮らしぶり、と承って参りました。漸くあの薬子様から御自由になられたのだと安堵致しましたことでございました。

その頃、安殿様がお作りになられたものでしょうか、後日賀陽様からお教え戴いた漢詩がございます。

17　梅花飛乱

旧邑対レ雪　　旧邑（きゅうゆう／ふるさと）にて雪に対（たい／むかう）す
始靄穹隆閣　　始めは靄（あい）たり　穹隆（きゅうりゅう）の閣（かく）
紛紛寂寞庭　　紛々（ふんぷん）たり　寂寞（せきばく／ものさびしい）たる庭
如花梅下乱　　花の如（ごと）くに　梅の下（もと）に乱れ
似絮柳前縈　　絮（わた）の似（ごと）くに　柳の前に縈（めぐ）る
潔白因逢立　　潔白（けっぱく）は　逢（あ）うものによりて立（さだ）まり
汚玄以染成　　汚玄（おげん）は　染（そ）まるを以（もっ）て成る
驟歌猶寡和　　驟（しばしば）歌うも　猶和（なおわ）するもの寡（すくな）く
何処暢幽声　　何処（いずく）にか　幽声を暢（の）べん

（『経国集』巻十三）

現代語訳　空高い楼閣に始めにもやっと雲がかかると、雪がはらはらと物淋しい庭に降って来た。まるで花のように梅の木あたりに乱れ散るかと思えば、また絮（わた）のようにに柳の前にめぐり舞う。（あの謝恵連（しゃけいれん）の「雪賦（ゆきのふ）」にも詠まれているように）雪の穢（けが）れなき白さは、出逢うものにより定まり、汚（よご）れて黒くなるのも、そうした色に染めるものがあってのことなのだ。自分はこうしてしばしば「白雪」を詠うのだが、そんな私に唱和する者も少で、はて一体どこに、わが心中のくぐもる声を慰めやわらげたらよいものやら……。（五言律詩）

今でもはっきりと覚えておりますが、後半四句を詠ぜられました時、賀陽様は声を詰まらせながら俯かれ、しばし肩を震わせておいででした。私にもその御心がよくわかるように存じました。人の心は清らかな人にめぐり会えば清らかなものとなり、穢れた人に触れますと汚れてしまうものでございます。目の前に降る雪を詠まれながら、安殿様は恐らく御自身の来し方を振返られたのでしょうね。あの郢の国では高尚な「白雪」の歌に和する者も少なかったという故事を用いられ、御自身の心を理解してくれる者は少ない……この今の自分の思いを、どこで誰に伝えたら心安らぐのだろうか、という心情をお詠みになっておられるんですよね。賀陽様には、それが御自身に向けられているかのように思われたのではないでしょうか。私はそんな気がしてなりませんでした。

この御作は帝にもお届けになっていらしたようです。神野様が唱和された御作もございますそうですね。ずっと後になって知りましてございます。

奉レ和二旧邑対一レ雪　旧邑にて雪に対すというに和し奉る　嵯峨天皇

旧邑同雲起　旧邑に同雲(どううん)起こり
春天雪尚飈　春天に雪尚飈(なおひろめ)く
含輝臨素扇　輝(ひかり)を含みて　素(しろ)き扇に臨み
呈瑞満冥霄　瑞(ずい)を呈(てい)して　冥(くら)き霄(そら)に満(み)つ
陰階飛更積　陰(かげ)なす階(きざはし)に　飛びては更に積(つ)もり
陽砌結還消　陽(ひ)ある砌(みぎわ)に　結(むす)んでは還(ま)た消ゆ
郢曲能安和　郢曲(えいきょく)　能(よ)く安(いず)くんぞ和(わ)せん
羞歌下里調　羞(は)ず　下里(かり)の調(しらべ)を歌うことを

（『経国集』巻十三）

現代語訳　平城(なら)の旧都に雪もよいの雲が起こり、春の空に雪がさらに風に吹かれて舞い上がる。雪は白き輝きをこめて、白い扇を目の前にするように降るかと思えば、めでたさを表わして、暗い空に満ちあふれるように降り来(きた)る（謝恵連「雪賦」）。雪は日影の階段に舞い来りては白く積もり、また、陽(ひ)の当たる石畳みに白い色を留めたかと思うはしから消えてゆく。郢の人の高尚な白雪歌のような兄上の御作に、私はとてもうまく唱和などできません。鄙(ひな)びた俗調(ぞくちょう／ぞくなしらべ)の詩をこうして詠むのがお恥ずかしい次第でございます。（五言律詩）

誠に詩人らしい、そつのない詠みぶりと存じますが、安殿様の詩に比べますと、どこか物足りなさを覚えましたのは、詩の良し悪しなど語る資格もない私の戯言(たわごと)でございますのでお許し下さいませ。

5

賀陽様はいつも安殿様のことを気にかけておられ、御自身の御子(おこ)様のように思っておられたのではないかと、私には思われてなりません。平城京(ならのみやこ)に退かれた後の春に賀陽様の御許(おもと)に届けられて参りました和歌もよく口ずさんでおられましたよ。

　ふる里となりにし奈良の都にも色は変わらず花は咲きけり　（『古今集』90）

「とても良い歌だ。御心が偲ばれてならない」などと仰っておられたものです。

それからしばらくして、賀陽様は宇治の里でお亡くなりになられました（弘仁六年六月。六十五歳）。前年には菅野真道様もお亡くなりになっておられましたので、安殿様には一入お淋しく感じられたのではないかと存じます。

賀陽様が晩年宇治にお住まいになられましたのは、あの菟道稚郎子様を敬慕されてのことと伺っております。郎子様は誉田天皇（応神天皇）の太子（天皇の後嗣）でございましたが、兄君の大鷦鷯尊様にお譲りになり、兄君もまたお譲りして、互いに辞して皇位の空しきこと三歳に及んだと申します。それで郎子様が自ら命を絶ってしまわれ、兄君は慟哭して葬送後に漸く即位なさった（仁徳天皇）のですよね。その経緯が『日本紀』とか申します書に記されているとのこと、これも賀陽様に伺いましたことにございます。

賀陽様の御葬儀には、お忍びで左大将様、……はい真夏様の御弟君の冬嗣様（七七五―八二六）でございますね、お越しになられました。それで恐れ多いことに、お召しがございましたので御前に拝しますと……何と帝（みかど）（嵯峨天皇）にお仕えせぬか、とのこと。ええ、もう吃驚（びっくり）致しました。

私の里は、宇治の少し南の泉津（いずみのつ）（木津川の舟着き場。京都府木津川市）から西へ　里足らずのところでございます。山田の間を流れる清流にも恵まれ、米や雑穀などの田畑を一族で耕しておりまして、背後の山では……春から夏にかけては山菜に筍（たけのこ）や梅子（うめ）、秋には柿や栗などもとれまして良き処にございます。御葬儀後はその里に帰るつもりでおりましたのですが……神野様と申し上げました御幼少の頃の面影がすぐに思い浮かんで参りまして懐しく思っておりましたところ、何でも即位後は嵯峨山院（さがのさんいん）（現在の嵯峨野大覚寺の地）を離れてしまい手入れも不十分なので人手が欲しいとのこと。いえいえ、そのような算段をなさる方は他にいくらでもおられることと存じましたが、敢て私ごときに声をおかけ下さったわけですから有難くお受けすることと致しました。

帝は母君を異（こと）にされる御兄弟方ともつとめて親しまれ、友愛の心をお忘れになることはございませんでしたし、多くの皇子様方にもよく気を配っておられたように存じます。政事も優れた臣下をお選びになって政務を任せておられました。御自身が政事の先頭に立って行動することの危(あやう)さを――父君や兄上が皇族間の悲劇的な事件を起こしていたことも脳裏にございましたでしょうね――思い知らされておられたのかも知りませんが、何よりやはり御本人が風雅を愛してやまない御方であられたからでございましょう。

弟君（大伴親王。淳和天皇。七八六―八四〇）に御譲位（八二三年）なさいました翌年には安殿様もお亡くなりになられ、私は淋しく存じました。上皇様となられました神野様はすぐには山院にお移りにならず、太皇大后(たいこうたいごう)様（橘嘉智子(かちこ)）と共に洛中の冷然院(れいぜんいん)にお住まいになられ、御熱心に書庫(ふみくら)を営まれておられたと仄聞(そくぶん)致しております。ですから実際に山院を常の住居(すまい)とされるようになられましたのは、確か皇子の正良(まさよし)親王様が御即位（八三三年。仁明天皇）されてからのことかと……。もっとも夏の暑い盛りには避暑にお越しになることもございましたですが……。それまでの間、私は折に触れて里より山院に出向きまして、お手入れのお手伝いなどさせて戴いておりました。上皇様として山院に移られました頃には、私も還暦をとうに越え、何とか御役目も果たせたものと存じましたので、里に退隠させて戴くことに致しました。

その辞去を致します日のことでございます。最後に一目上皇様のお姿を拝し奉りたく、窃かに前庭の植込の蔭に身を潜ませておりましたところ、何とお認めなさいまして、お声をおかけ下さったのでございます。

長きに亘り劬労をかけた。大儀であった。……ところで、そなた覚えておるか？　あれはまだ朕も幼なかった頃のことじゃ。確か都遷りして程ない頃の秋だった……兄上と共に賀茂川の堤をこっそり散策したことがあった……その時にそなたが袂から取り出してくれた熟れた柿の実を、兄上と共に河堤にすわりこんで食べた、あの時のことが今も忘れられない……あの柿のやわらかに甘美だったこと……あれ以上の美味のものをこれ迄に食したことはないぞ。……さらばじゃ、達者に暮らせ。

そう仰られて立去られましたが、思わず胸に込み上げてくるものがあり、眼に涙の盛り上がるのにも堪えきれず、その場に崩れ伏したのでございます。まことに身にあまるお言葉で畏れ多いことと存じました。

今は生まれ育った里で過ごしておりますが、まだ、足腰も大丈夫なようでございますので、これ迄通り、安殿様や賀陽様の御命日には供物を持参致しまして、墓前であれこれ昔のお話など申し上げたり致しておるのでございますよ。

……とそこ迄話し終えたところで、ふと意識が戻ってきた。どうやら部屋のベッドで寝転び本を読んでいるうちに、私はすっかり寝入ってしまったものらしい。良い日和（ひより）の五月も下旬、網戸越しに心地良い空気の流れを感じる。目を閉じたまま伸（の）びをして、夢か……と思いつつ……それにしても一体誰に話していたのだろうか？　いや誰の話を聴いていたのだろうか？……判然としない。このところ私は長期の療養生活を余儀なくされていて、ちょっとした家事をこなすだけでも疲れてすぐ横になるようになった気がする。もっともひとり暮らしなので何の気兼（きが）ねもないのだが……そのまま眠り込んで目が覚（さ）めなくなる……などという日が来ないとも限らない。ならば今夢みたことを書き留めておかねば、などという気もし始めている。まあ、他にこれといってやることもなし……と今老体を起こすところである。

〔主要参考文献〕

村尾次郎『桓武天皇』（吉川弘文館・一九六三年）
春名宏昭『平城天皇』（吉川弘文館・二〇〇九年）

西府伏魔——大江匡房と詩人たち——

1

永長二年（一〇九七）の年も明けて程ない頃のことである。雪の降る都は冷え込む日々が続いていた。そのせいでもなかろうが匡房（一〇四一－一一一一）は聊か体調不良を覚え、床に就くことが多くなっていた。権中納言として公卿に名を列ねること三年。家柄ではなく専ら「稽古之力」（学問）をもって栄進して来た彼も既に五十七歳となっていた。紀伝道（文章道とも。学問・教育等の公務に携わり公文書や詩文述作などを旨とする）の世界で生きて来た者にとって、今の地位はほぼ極めたものと言っても良かった。今日で云う内閣に相当する二十五人の公卿の中でも、源経信（大納言・大宰権帥。八十二歳）・藤原長房（参議。六十八歳）・源俊房（左大臣。六十三歳）に次ぐ老境に在った。その為でもあろうかつい弱気にもなるのだが、息子の隆兼（式部少輔。？―一一〇二）は既に三十代になっていて、大江家の後を任せられるものと期待を寄せている。彼は小忠実に顔を見せてくれるので、つい愚痴のひとつも漏らしたくなるのだった。

「確か『文集』（白氏文集のこと）にこんな句があったと思うのだが……」

老与病相仍　　老いと病と相仍り
華簪髪不勝　　華簪も髪に勝えず
行多朝散薬　　行くこと多くして　朝に薬を散らし
睡少夜停燈　　睡ること少くして　夜に燈を停む

（「衰病」）

現代語訳　この身に老いと病が重なり、出仕の時にするかんざしも髪が少なくて挿せぬ有様。しきりに散歩して朝のうちに服薬を散らすようにつとめたり、夜はよく睡れぬまま燈火を点したままにしている。（五言八句中より前半四句引用）

「父上何を仰いますか。くれぐれも御身を労られ、御養生下さいませ。『文集』には別にこんな句もございますよ」

始知年与貌　始めて知んぬ　年と貌は
衰盛随憂楽　衰盛　憂楽に随うことを
畏老老転迫　老いを畏るれば　老いは転た迫り
憂病病弥縛　病を憂うれば　病は弥いよ縛る
不畏復不憂　畏れず　復　憂えず
是除老病薬　是れ　老病を除く薬なり

（「自覚二首」其一）

現代語訳　年齢と容貌、その盛衰は憂いや楽しみについてまわるものとようやく知った。老いを恐れるとますます老いは身に迫り来て老け込ませるし、病を苦にすると病は一層とりつき重くなる。だから、恐れず、また憂えずに過ごす、これこそ老病をとり除く妙薬というもの。（五言十六句中より後半六句引用）

そう面を和らげながら言う息子に、彼が応える。

「うむ、薬治も今一つでな……気鬱も晴れんのじゃ」

行蔵事両失　行蔵　事は両ながら失い
憂悩心交闘　憂悩　心は交ごも闘う
化作顦顇翁　化して顦顇の翁と作り
抛身在荒陋　身を抛ちて　荒陋に在り
坐看老病逼　坐ろに看る　老病の逼るを
須得医王救　須らく得べし　医王の救いを

（「不二門」）

現代語訳　出処進退の双方に失敗し、憂いと悩みで心中は互いに闘争している状態だ。それですっかり窶れ疲れきった老人となり、捨て鉢になって、吾が身を荒涼とした陋巷にさらしている始末。じっと老いと病が身に迫ってくるのを見つめていると、ここはひとつ医王たる御仏（大乗仏教の教え）に救いを求める他あるまい。

「そう詠んだ白氏の気持ちも今にしてわかるような気がする……」

すると、笑顔で思い当たったとばかりに息子が言う。

「そうですよ……良いじゃないですか。ここはひとつ神仏に病平癒を祈願致しましょう。父上早速に御得意の願文なりと案じて下さいませ。私が認めましてすぐにでも石清水（八幡宮。京都府八幡市）様にお持ち致しましょう」

願文を奉った後、どうやら心持ち復調の兆しが見えるようになってきた下旬近い頃のこと、彼のもとに突然の悲報が齎された。

「帥大納言殿（源経信）が、年も明けたばかりの六日に西府にて身罷られたとのことでございます……」

聊か緊張した面持ちの隆兼が言葉を継いだ。

「御子息の右大弁様（基綱。一〇四九－一一一七）、右京大夫様（俊頼。一〇五五－一一二九）、ともども既に西府に向かわれたとのことでございます」

匡房は暫し茫然としていたが、三年前（寛治八年〈一〇九四〉）の六月、経信が七十九歳で大宰権帥に任じられた時、御高齢で遠の朝廷に赴くのはさぞ難儀に違いないと内心危惧したものだった。経信は匡房にとって父親世代で、早に匡房の詩文の才や学識を賞賛し、昇進推挙の労を厭わなかった恩人のひとりである。一年後に息俊頼が父に付添って下向する時、「くれぐれも御身をお厭い下さいますよう御父上にお伝え下され」と言葉をかけたのであったが、帥殿とは今生の別れになりそうな予感めいたものも匡房にはあったのだった。

2

経信と言えば息俊頼と共に『百人一首』に採られており、歌人として知られている。

夕去れば門田の稲葉おとづれて芦のまろ屋に秋風ぞ吹く　（『金葉集』173）

がそれだ。「三船(舟)の才」で知られる藤原公任（九六六―一〇四一）の歌道の本流を継承しつつ、清冽荘重な詠みぶりで知られている。

承保三年（一〇七六）十月、白河院が大井川（堰）に行幸され、詩歌管絃の三船を浮かべて遊んだことがあった。院がやきもきする中、経信は故意に遅参し、水際に跪くや、漢詩・和歌・管絃のいずれにも自信があったので、「どの舟なりと漕ぎ寄せて下され」と声をかけ、管絃の舟に乗って何と漢詩と和歌を献じたと云う。先例の公任（三船のいずれでも良かったのだが和歌の舟に乗り和歌を献じた）を越える逸話（『袋草紙』『古今著聞集』）を残している。院政期を代表する歌人として歌合でも屢判者（番えられた和歌の勝負を判定する人）をつとめ、指導的な役割を果たして歌界の総師的な存在と評され、当代の卓越する演奏家でもあったが、漢詩人として活躍した人であったことは一般には殆ど知られていない。

秋月詩　　源　経信

素月団団照彼蒼
華堂開宴漏方長
倩論今夜清明影
猶勝中秋三五光

秋月の詩

素月団々として　彼蒼に照り
華堂に宴を開くに　漏方に長けたり
倩　今夜の清明の影を論ずれば
猶　中秋の三五の光に勝るらん

寂矣応望眸外雪
攬之不満手中霜
為憐此処多情客
心嬾齢傾有若亡

寂かなるかな　応に望むべし　眸外の雪
之を攬らんとするも満たず　手中の霜
為に憐む　此の処の多情の客の
心嬾く　齢傾き　有れども亡きが若くなるを

（『本朝無題詩』巻三）

現代語訳　白い月が真ん丸く空に輝き、美しく立派な広間で宴が催され夜も更けゆく。今宵の澄み明るい月をよくよく眺めて論ずれば、やはり中秋の名月にも勝るものがあるというもの。ひっそりとして物静かなことよ、こんな時には眼前に広がる雪のような月下の景を見渡すのが良いのだ。（あの晋の陸機が詠んだように）月の光は手に取ろうとしても満たせず、霜のようなもの。だからこそ（今ここにいる）多感な方々はその風情の素晴らしさを愛しむわけだが、私は物憂き心の持ち主で、老い耄れとあっては、居ても居なくても同じようなものかも知れませんなあ。（七言律詩）

秋の月と言えば、当時も中秋の名月を詠むのが相場。次いで九月十三夜詠が院政期には漢詩・

和歌の世界でもよく詠まれるようになる。この作ではそれ以外の、恐らく七月か九月の満月ということになるのだろうか。いずれにしろ、その月に向かい、景に沿った表現が伝統的な措辞・語彙・典故を用いながら過不足なく詠まれていて、経信らしい作ではないかと思う。老いの自嘲を結びとしているが、七十歳以後の作だろうか。

権帥に任じられて程ない八月のこと、経信は関白師実邸（高陽院）の歌合で判者をつとめている。匡房もその場に在って、彼の歌が筑前（康資王母、高階成順女で母は伊勢大輔。院政期女流歌人の第一人者）の次の歌と番えられたのだった。

紅の薄花桜にほはずはみな白雲とみてやすぎまし　（『詞花集』18）

この歌について、経信は「紅の桜は詩には作れども歌に詠みたることとなむなき」（前掲歌左注）と、詩語（紅桜）と歌語の分別について触れて難じた。その後経信は修正したものの、詩語を歌語に転用する意欲を持っていた匡房からすれば、経信の見解は聊か保守的に過ぎると見えたのではないかと私は思ったりするのだ。ともあれ、これ以後、筑前の「紅の薄花桜」は歌語として継承定着することとなってゆく。

3

経信の訃報に匡房は改めて憂慮を深くしていた。実はこの半世紀程の間に大宰府の統治者（権中納言なら権帥、参議なら大弐）は八人任命されているが、そのうち任期を全うしたのは藤原経平（大弐）のみであったのだ。藤原顕家（大弐）は在任中に母の喪に遭って辞任し、程なく参議も辞退。藤原良基（大弐）は在任中に没し、藤原資仲（権帥）は在任中に辞任して出家。藤原実政（大弐）と藤原伊房（権帥）は事件に関わり解任（以上の二人については後述）。更に藤原長房（大弐）は赴任匆々に彦山衆徒の蜂起に巻込まれて都に逃げ帰り辞任。かくして、経信が任じられた次第だったから、匡房に任期を全うできぬ職だという警戒心が増していたとしても不思議ではなかった。

それにしても、大宰権帥は魅力的な地位には違いなかったであろう。九国（筑前・筑後・豊前・豊後・肥前・肥後・日向・大隈・薩摩）二島（壱岐・対馬）の軍事・外交を担い、内政においては国司の職掌を統轄する重職であり、職権による利得も少なくなかったからである。十世紀以降、朝鮮半島（高麗）や宋（杭州・明州・台州等）との間を往来する海賈（貿易商人）らの活動も活発化して、陶磁や唐物（藤原明衡『新猿楽記』あたりに具体例が多く見える）といった交易品が大量に齎されていた。博多の津周辺には宋人の居住地もあり、本朝人と姻戚関係を結ぶ者（筑前の宗像氏や肥前の松浦氏等）も少なくなかった。経信の任地での葬儀には多くの宋人が弔問に訪れたと伝えられているのも、そうした西国の商業の国際化、繁栄と関わるもので、彼らの中には、都の貴族たちとの関係を取結んでいた者もいたようである。

4

ところで、先に挙げた大宰府の統治者の中には、経信以外にも漢詩人として作品を残している者がいる。良基・資仲・実政・伊房である。就中、実政（式部大輔資業三男。一〇一九―九三）は紀伝道に学んで秀才・対策登科をへて文章博士・式部大輔、参議にも昇り、後三条天皇（尊仁。一〇三四―七三）の東宮時代から近侍して信頼され、その親政を輔佐したことでもよく知られている。

大宰大弐となった実政は、後三条帝の東宮でいらした時の東宮学士でございました。その頃東宮様は時勢を得ず失意の日々を送っておられましたから、きっと（先々このままお側に参上することもなかろう、と思っておりましたが、なんと言っても東宮様がお労しくてなりません。彼が甲斐守に任官（康平七年〈一〇六四〉）されました時、「もう甲斐から都には戻るまい」（中央の官界から身を引こう）と覚悟を決めておりましたが、甲斐への下向の折、東宮様自らが餞別の宴を催されて、

州民縦発甘棠詠　州民の縦い甘棠の詠を発すとも
莫忘多年風月遊　多年の風月の遊びを忘るる莫れ

（任国の民があの『詩経』の「甘棠」の詠のようにあなたの治政をたとえ称えようとも〈国に残ることなど思わず〉、これ迄長の歳月風雅な遊びを共にしてきた〈都の〉こと〈尊仁自身も含む〉を決して忘れないで欲しい）

と詩句にお詠みになられたので、東宮様のことを決して忘れることなどできなくなって

しまわれたのでした。（『今鏡』）

この逸話は、いかに実政が尊仁を慕い、尊仁もまた実政に親愛の情を抱いていたか巧みに切り取って見せてくれている。この頃匡房は二十四歳で、それ迄官に停滞し不遇の最中に在り、漸く東宮に参上して近侍となり、昇殿して夜昼となく詩文の友さながらに仕えるようになっていたから、或は右の餞宴にも顔を見せていたかも知れない。但し、彼は尊仁の実政贔屓については好ましく思っていなかったように私はふと思ったりするのである。

治暦三年（一〇六七）、東宮尊仁邸で上巳曲水の詩宴が催され、「酔来晩見レ花」（出題は実政）の詠が残されていて、良基・実政・匡房・源時綱らの七律が残る。今そのうちの二首を挙げてみよう。猶、このような五言一句を題とする七律を「句題詩」と称し、平安時代には中国古典詩とは異なる独自の形式があった。即ち、首聯（題目）では題の五文字を詠込みながら、題意をわかり易く作者なりに説明する。頷・頸聯（破題・比興）では比喩や故事を用いて題意を敷衍し、想念で映像的な場面に仕上げるなどして、尾聯（述懐）では一首を詠じた感懐を記すという展開になる。それに沿った私なりの試訳も少しくどくなるが付しておくことにしよう（以下のカッコ内は補足的な部分）。

酔来晩見レ花　　酔い来りて晩に花を見る　　藤原実政

高置酒樽及晩陰　　酒樽を高置（こうち）して　晩陰に及ぶ
酔来偏促見花心　　酔い来りて　偏（ひと）えに花を見る心を促（うなが）す
頻傾梅嶺厭雲宿　　頻りに傾けては　梅嶺に雲の宿るを厭（いと）い
屢嗜桃源嫌日沈　　屢（しばしば）　嗜（たしな）みては　桃源に日の沈むを嫌（きら）う
風暖劉伶携上苑　　風暖かくして　劉伶（りゅうれい）は上苑に携え
鳥帰王勣領芳林　　鳥帰りて　王勣（おうせき）は芳林を領（おさ）む
遥思曲水佳遊美　　遥（はる）かに思う　曲水佳遊（きょくすいかゆう）の美
觴詠酣歌気味深　　觴詠酣歌（しょうえいかんか）すれば　気味（きみ）深し

現代語訳　酒樽を高だかと据（す）え酒盛りして夕暮れ時に及び、酔いつつひたすら花見の気分を促す。頻りに酒杯を傾けては梅花の名処大庾嶺（にも似たこの地）に雲がとどまって（花を隠して）しまうのをいやに思ったり、しばしば酒に親しんでは、あの桃源郷（にも譬うべきこの地）に日が沈んでしまうのをきらうのだ。風は暖かく吹き来り、この地にはあの劉伶（のような酒飲み）が宮中の庭園に酒を携える風情が窺えるし、また、鳥は塒に帰り、王勣（績）（の如き人）が（酔郷の地ならぬこの地の）芳しい（花の）林を己がものとしている趣である。（こうして）遥か遠い（蘭亭）曲水の良き遊びの素晴らしさを偲びつつ、杯を傾けては吟詠し盛んに歌っていると味わい深いものがある。（七言律詩）

同

三日春闌属晩陰
見花酔裏好清吟
窓梅賞眼催燈飲
岸柳寄眸待月斟
藍水雲昏望雪思
玉山日落趁霞心

同じく　大江匡房

三日　春闌わにして　晩陰に属く
花を見て酔う裏に　好んで清吟す
窓の梅を眼に賞で　燈を催して飲み
岸の柳に眸を寄せ　月を待ちて斟む
藍水に雲昏くして　雪を望む思い
玉山に日落ちなんとして　霞を趁う心

蘭亭勝趣縦雖美　　蘭亭の勝趣は縦い美しと雖も
豈若桂宮景気深　　豈に若かんや　桂宮の景気深きに

（以上『中右記部類巻十紙背漢詩』）

現代語訳　三月三日、曲水の日は春もたけなわで夕暮れ時となり、花を見つつ酔ううちに快く清吟する。窓辺の梅花を目で賞美して燈火を促し酒を飲み、岸辺の柳絮に目を寄せて月が顔を見せるのを待って酌み交わす。（するとまるで）あの藍水（中国の酒の名所）の地に雲が暗くかかり、雪（のような花）を眺めやるような思いになるし、（『蒙求』の「叔夜玉山」で酔い崩れた嵇康の美しい姿の比喩に用いられた）玉山に日が沈みかかると西の空の夕焼け（のような花）を尋ねてみたい気にもなる。かの蘭亭曲水の宴の優れた趣は美しいものであるにしても、一体どうしてこの東宮様の宮殿の趣深さに及びましょうや。（七言律詩）

末句で、蘭亭を遥かに想像る実政と、「桂宮」即ち東宮邸は蘭亭に勝ると詠ずる匡房。一首の詠みぶりも異なるが、詩宴に侍る喜びは同じであっただろうか。東宮尊仁が、先の「甘棠詠」

で「莫レ忘多年風月遊」と詠んでいたのはこうした作文会（詩会）を共に重ね来たことを意味していたわけである。当時このような内々の会は互いに気心の知れた者達の社交の場として屡営まれ、良き信頼関係を構築する場となるはずのものであったと思われる。

だが、後三条天皇に寵愛された実政の運命は、資仲辞任の後を受け、大宰大弐として赴任（永保四年〈一〇八四〉）することで一転してしまうことになる。

寛治二年（一〇八八）、宇佐宮の神人と争った時、配下の兵卒が正八幡宮の神輿を射たとして、彼は訴追されることになってしまうのだ。中央から推問使（取調官）が派遣され、僉議も重ねられ、結局「大逆」の罪と定められて、彼は除名の上、伊豆配流となる（連坐した前肥後守源時綱も安房に配流）。そして、五年後には配所で失意のうちに没してしまうのである。事件の詳細は私のような者にはよくわからないが、宇佐宮の神威の前に朝廷の政事・権威も屈したことに違いはない。白河法皇の所謂「天下三不如意」とは、即ち賽子の目・鴨川の水、そしてとりわけ厄介な山門衆徒等の「強訴」と言われるが、神威を楯にし己らの利を強引に通そうとする不逞の輩が横行していた時代である。実政の場合も、そうした者たちの暴力的行動を制止する為に放たれた一矢だったものに違いあるまい。

5

実政の後任として西府に赴いた（寛治三年）のは権帥藤原伊房（一〇三一―九六。「三蹟」の一人大納言行成の孫）であった。ところが彼は三年後の七月に上洛し辞表を提出する。その後、嘉保元年（一〇九四）に契丹との密貿易が発覚し、位一階の降格、権中納言も罷免され、共犯の前対馬守藤原敦輔と共に処罰されて、永長元年（一〇九六）九月には没してしまう。どうやら彼は宋の海賈隆琨らに促され、契丹と交易すべく僧明範らを彼の地に派遣し（一〇九一年）、彼らは武器を売却して金銀の宝物を得て帰国したということらしい。検非違使の訊問を受け、明範らの不正行為が露見。伊房は都に召還され、事情聴取の上罷免されたというのが実際のようだが、それ以上の詳しい内容についてはよくわからない。ただこの勅勘は彼の死後も解かれることはなかったから、重罪とされたことは間違いあるまい。

さて、時を遡る寛治二年三月のこと。伊房が権帥として下向する前年の春ということになる。彼は、藤原師通（内大臣）に従い、源経信・藤原季仲・行家・源基綱・藤原敦基（文章博士）・惟宗孝言（これむねのたかとき）・源時綱といった当代の錚々（そう）たる詩人達と共に洛東の山寺長楽寺に遊び、山花を歴覧している。その後師通邸に戻って七律詩が講ぜられているが、今そのうちの三首を掲げてみよう。

春日遊㆓長楽寺㆒即事　　春日長楽寺に遊んで即事　　藤原師通

芳辰漸暮動歓情　　芳辰（ほうしん）漸（ようや）く暮れなんとし　歓情を動（ゆる）がす
已属闌時連騎程　　已（すで）に闌（た）けなんとする時に属（つ）き　騎を連（つら）ぬる程
粧混白雲花尽散　　粧（よそお）いは白雲に混（おなじ）うして　花　尽（ことごと）く散じ
影浮緑水柳方軽　　影（かげ／ひかり）は緑水に浮かんで　柳方（まさ）に軽し
三春酌酒酔重歓　　三春　酒を酌み　酔（よ）い重ねて歓め
終日詠詩興幾成　　終日　詩を詠（よ）みて　興（きょう）幾たびか成る
山路廻眸遥眺望　　山路（やまじ）にて眸（ひとみ）を廻（めぐ）らし　遥かに眺望すれば
煙霞相隔自行行　　煙霞相隔（へだ）つるも　自（おのず）から行々（こうこう）たり

現代語訳　芳（かぐわ）しい春も暮れかかる頃おい楽しもうということで、騎馬を連ね来るとあたりは春も終わりに近いと知る。山の粧いは白い雪と入りまじり花は尽く散ってしまい、山の姿は美しい水面（みなも）に浮かんで柳の枝が軽（かろ）やかに見える。このうるわしき春に酒を酌み、酔えば重ねて杯を勧め、一日中詩句を詠じて興趣を存分に楽しんだ。山道の途中で目をめぐらし遥かに眺めやれば、モヤがかかって見通せないものの、おのずと歩み行くのであった。（七言律詩）

同

城東勝境意悠悠
被引蘭朋忽放遊
山寺春深禅坐好
野亭日落晩望幽
見花聞鳥暫成□
帰宅臥廬将倍愁
此処此時何年足

同じく　藤原伊房

城東の勝境にて　意（こころ）悠々たり
蘭朋（らんぽう）に引かれて　忽（にわ）かに放遊（ほうゆう）す
山寺　春深くして　禅坐に好（この）ましく
野亭　日落ちて　晩望幽（ゆう）なり
花を見　鳥を聞きて　暫（しばし）□を成す
宅（いえ）に帰り　廬（いおり）に臥せば　将に愁いを倍（ま）さん
此（こ）の処（ところ）　此の時　何（いず）れの年にか足（あ）かん

韶光過半興無休　　韶光（しょうこう）半（なか）ばを過ぐるも　興（きょう）は休（や）む無し

現代語訳　都の東の景勝地長楽寺にやって来て心のどかな気持ちになる。心を許し合った友に誘われ忽かに気儘（きまま）にぶらつくことになったのだ。この山寺では春も深まり心静かに坐り雑念を払うのも良かろうし、野辺の休息処（やすみどころ）では日も沈みかかり夕方の眺めはほのかに暗く趣深いものがある。花を見、鳥の声を耳にしてしばし楽しむ。家に帰って粗末な住居に横になっても愁いは増すばかり。今この処、この時の心持ちはいつになっても満ち足り飽きるということはなかろう。春の光のどかな時節も既に半ばは過ぎているが、興趣（たのしみ）は尽きない。（七言律詩）

同　　同じく　　源　基綱

一尋勝地洛陽東　　一たび勝地を尋ぬ　洛陽の東
風景闌珊思不窮　　風景闌珊（らんさん）として　思い窮（きわ）まらず
鶯隔画堂歌薄霧　　鶯は画堂を隔てて　薄霧に歌い
花辞暖樹散狂風　　花は暖樹を辞して　狂風に散ず

石龕月上孤雲外
茶竈煙纖落日中
久接嘉賓交会末
可憐双髪（鬢）漸梳蓬

石龕　月は上る　孤雲の外
茶竈　煙は繊し　落日の中
久しく接る　嘉賓交会の末
憐むべし　双鬢の漸く蓬を梳くを

（以上『中右記部類巻九紙背漢詩』）

現代語訳　ひとたび都の東の景勝地（長楽寺）にやってきたところ、あたりの風景は衰えゆく春を窺わせて思い尽きない風情がある。美しい堂塔から処を隔てて、鶯は薄いモヤの中に囀り、春の暖かな木立を離れて、花は強い風に散り紛う。ぽつんと浮かぶ雲の彼方、（寺の）石塔に沿うように月は昇り、夕陽の沈む頃に、茶の湯を沸かす竈から煙（湯気だろう）が細くたちのぼる。立派な方々の顔を合わせる末席にこうして久しく加わることができたものの、わが髪は哀れ蓬を櫛梳るような有様である。（七言律詩）

師通（一〇六二―九九）は「多進二文学之士一、漸退二世利之人一。……好学不レ倦……百家莫

レ不二通覧一」（『本朝世紀』薨伝）などと記されるように、並々ならぬ学才を有し、文人達への理解も深い人で、屢作文会を自邸で催している。当時内大臣として台閣に在り、院政（白河院）には批判的立場をとり、摂関家の若き（二十七歳）期待の星とも言うべき存在であった。

この長楽寺詩から八ケ月後の十一月、先に述べた藤原実政が伊豆に流罪となっているが、彼は実政事件をどのように見ていただろうか。師通は悪瘡の為三十八歳で早逝してしまうが、その原因について以下のような風聞があったと記される。

嘉保二年（一〇九五）、叡山の僧徒が美濃国で濫行を働き、朝廷は国守源義綱（頼義の子。八幡太郎義家の弟）に追捕を命じたが、一方で僧徒は日吉社の神輿を担ぎ、義綱の流罪を強訴して入京。これに対し、師通は、源頼治（「天下名誉武勇」頼風の弟）の武力でこれを制止せしめたものの、兵が衆徒を射た為に日吉山王の祟りを受け、若くして病死したのだ、と言うのである。これは稿者の臆測に過ぎないが、恐らく師通は公家の権威と大義を堅持していて、実政には内心同情を禁じえなかったのではなかろうか。

源基綱は既に触れたように経信の息子である。多分経信の漢学の才は基綱に、和歌の才は俊頼に受け継がれたものと思われるが、それにしても運命というのは全く非情なものである。

この時より少し先のこととなるが、彼もまた父同様に大宰権帥に任じられた（永久四年〈一一一六〉）ものの、その翌年の大晦日に任地で敢え無く没してしまうことになるのだ。勿論前記の詠を作した時には、基綱も、師通・伊房同様、己の身に迫り来る不幸など予測しようもなかったに相違ない。花見遊山と詠詩の風雅に興ずることは、俗界（彼らにとっては現実の官吏としての生活を指す）の憂悩から一時心身を解放することに他ならなかったのである。

6

ところで、ここで話は冒頭の件に戻ることになるのだが……経信の後任を三月に拝したのは匡房自身であった。権門出身ではなく「稽古之力」で権帥となったのは菅原道真以来、いや右大臣道真の場合は冤罪ではあったものの罪人としての左遷人事だったから、実質的な昇任人事としては初めてと言うべきだろうか、とにかく匡房にすれば大変名誉なことに違いはなかった。だが、既にみて来たような経緯もあって、決して有頂天でいられるわけでもなかっただろう。任期を全うできるのか。否、全うせねばならない。彼は交替の事務処理を進めつつ、在地の土豪や海賈、寺社の動向等についての情報収集も行っていたことだろう。

任官からほぼ一年半後、彼は任地へと下向（げこう）して行く。摂津の鳴尾（西宮市武庫川河口の港、宿場）から都の人に送ったという歌が残る。

限りあれば八重の潮路（しほぢ）に漕ぎ出でぬわが思ふ人にいかで告げまし　（『江帥集』168）

西府の航路へと旅立つ彼には熟慮を重ねた統治の為の腹案があった。それは「神威」を楯（たて）とする、即ち八幡神と天満天神（菅原道真公）を奉賛・供養し、その加護を期することで責務を全うしようというものであった。赴任程なく、八幡菩薩の本宮である宇佐宮にて法楽供養を行い（承徳三年〈一〇九九〉）、更に安楽寺（道真公廟所）内に満願院を建立し、荘園を寄進して供養（康和二年〈一一〇〇〉）しているのはその証であろう。また、彼の二大長篇詩「西府作詩（さいふさくのし）」「参二安楽寺一詩（あんらくじにさんずるし）」（『続本朝文粋』）もこの頃の作。翌年には夢想を得たとして菅神を祭るべく「安楽寺聖廟詩宴」も主催している（『古今著聞集』巻四・文学）。彼のこうした作文活動も恐らく単にその嗜好に従ったものではなかったのではあるまいか。

彼の在任中の著述には、他に「筥崎宮記」「対馬貢銀記」もある。前者では「八幡大菩薩の別宮にして、霊験威神は言語道断、紙墨の及ぶところにあらざる」宮なのだと述べ、「何れの国、何れの土か、この神宮を崇め奉らざらんや。啻に我が朝のみならず、徳は遐方にも及びぬ」と称賛の辞を列ねるが、実はかの宮はかねてより日宋間の私貿易に関与していたと目され、大宰府官吏とも少なからぬ関わりのある処であったから、匡房も聊か目配りをしていたことと思われる。更に、後者もやはり八幡大菩薩の威神により守られると云う対馬。その産出する珍貨、即ち白銀・鉛・錫・金や真珠等の貢進に言及すると共に、殊に銀の採掘について詳細に記す。ただ彼の地はそれだけではない。朝鮮半島（高麗）や宋と日本を結ぶ海上交易の要衝の一つでもあり、従って利欲の絡む現場でもあったのだ。

源義親は武勇で名高い八幡太郎義家（一〇三九―一一〇六。兵法で匡房に師事したと伝えられる）の二男である。彼は対馬守在任中に人民を殺害し、官物を横領するなどして、権帥匡房に「濫悪千万」として中央に摘発され、隠岐配流に処されている（後に追討により没す）。詳細はわからず、これは私の臆測になるが、恐らく国守としての蓄財に魅力的な産物や交易をめぐって、己の意のままにせんとするところがあり、西府の長匡房にも反抗的な態度をとっていたものではあるまいか。

康和四年（一一〇二）の年が明けると、匡房は権帥赴任の賞として正二位を贈られ、交替の人事も定まり任を解かれて、まずは使命を全うした事に安堵したことであろうか。二月には宇佐宮に新堂を造立供養し、三月には安楽寺聖廟にて「縈流叶㆓勝遊㆒（めぐるながれはしょうゆうにかなう）」の詩題で曲水の宴を張り、神威への感謝の意を尽くしたのであった。

かくして帰洛を思いつつ過ごしていたところ、都から思いがけない報が届く。後任の権帥に任じられていた藤原保実（やすざね）（権中納言。四十二歳。大納言実季（さねすえ）二男）が病死したというのである。加えて、匡房にはこのところ気掛かりなことがあった。湯治の為に彼の下（もと）に身を寄せていた息子隆兼のことである。

温泉道場言㆑志　　大江隆兼
云名云利両忘身
日日行行独往臻
昨翫水城原上月

温泉道場にて志（こころざし）を言う
名と云い　利と云い　両（ふた）つながら忘るる身
日々行き行きて　独（ひと）り往き臻（いた）れり
昨（きのう）は　水城（みずき）の原上（げんじょう）の月を翫（もてあそ）び

今憐湯寺洞中春　今は　湯寺の洞中の春を憐びぬ
呼朋好鳥意同我　朋を呼ぶ好鳥は　意我に同しく
驚望新花栄似人　望を驚かす新花は　栄人に似たり
尋地適伝前日跡　地を尋ぬれば　適に前日の跡を伝え

長久年中、外祖於二此地一賦二一絶一。康和年、予亦於二此地一綴二六韻一。故云。

長久年中に、外祖此の地にて一絶を賦す。康和の年に、予亦此の地において六韻を綴る。故に云う。

懐郷暫払外朝塵　郷を懐いては　暫外朝の塵を払う
琴詩酒処雖成戯　琴詩酒の処にて　戯れを成すと雖も
仏法僧間遂仰真　仏法僧の間にて　遂に真を仰ぐ
累葉文華相畜得　累葉の文華は　相畜え得たるも
海西棄置是何因　海西に棄て置かるるは　是れ何の因ぞ

（『本朝無題詩』巻十）

現代語訳　世俗の名利など忘れたこの身。毎日こうして出掛けひとりあちこちを訪れる。昨日は水城（外敵防備の為に天智朝時代に造られた堤）の野原の月を楽しみ、今日は天拝山麓の武蔵寺温泉（二日市温泉）で春をめでた。友を呼ぶように鳴く鶯は我が心と同じで、目をはっとさせられる鮮やかな花は栄えある人にも似ていようか。この地に尋ね来ると、その昔長久年間に外祖父が賦したという一絶が偲ばれるし（私もそこでこの六韻詩を賦した）、また、故郷（都）を懐しんでは一時俗世を忘れたことである。白居易の云う琴詩酒の三友があるから戯れ楽しまないでもないが、（病の身なので）仏法僧の三宝に帰依し、御仏の説く教えを頼みとするのである。わが大江家累代の華たる詩文は蓄（畜も同意）えているものの、この西海の地にこうして（私が病み）棄て置かれているのは一体何故なのだろうか。（七言十二句・排律）

この佳篇を詠じて程なく隆兼の容態は悪化し、閏五月に遂に帰らぬ人となってしまった。父の落胆はさぞ深かったことであろう。かつて同族の先祖大江朝綱（参議。八八六―九五七）は息子の澄明を失って、「悲しみのまた悲しきは、老いて子に後るるより悲しきはなし。恨みて更に恨めしきは、少くして親に先立つより恨めしきはなし」（「為二亡息澄明四十九日一願文」『本朝文粋』巻十四）と慟哭の辞を作していたが、匡房もまた悲嘆沈痛の思いを抱えていただろうことは想像に難くない。彼は息子の死を経た翌六月、傷心帰洛する。

7

匡房の実質的後任として権帥に任じられたのは、のちに「黒帥」（色黒の容貌だった）と綽名されることになる藤原季仲（権中納言。一〇四六―一一一九）で、一年後に赴任する（康和五年六月）。

この頃和歌世界で、新時代の指導者とも言うべき存在として源俊頼と肩を並べる藤原基俊（一〇六〇―一一四二）は、季仲の下向の餞宴で扇を贈り次のような歌を詠んでいる。

千歳まで契りしことを忘れずは蔦の葉風に思ひいでよ君　（『基俊集』100）

俊頼と同様に『百人一首』にも採られて歌名の高い基俊だが、実は『本朝無題詩』他にかなりの漢詩を残す和漢兼作の才人でもあった。詩人季仲とも親しく詩席を同じくすることも少なくなかったようだ。

　永長二年（一〇九七）三月三日、季仲の西院邸で作文会が催された時にも、菅原在良（文章博士。一〇四一―一一二二）らと共に顔を見せている。

桃花唯勧レ酔　　桃花は唯だ酔いを勧む　　藤原季仲

紅桃灼灼矯逢辰　　紅桃　灼々たり　矯りて辰に逢う
欲問花中勧酔頻　　問わんとす　花の中に酔いを勧むることの頻りなるを
遶樹縁辺深浅戸　　樹を遶る縁辺に　深浅の戸あり
成蹊南北両三巡　　蹊を成す南北に　両三の巡りあり
流霞曲水行盃晩　　流霞の曲水に　行盃の晩
岸月高陽倒載春　　岸月の高陽に　倒載の春
鸎吻屢飛鶯舌滑　　鸎吻　屢　飛ばすに　鶯舌も滑かなり
争堪席上老衰身　　争でか堪えん　席上の老衰の身

現代語訳　紅の桃花が盛んに咲いて飾り立てるような曲水の日にめぐりあうこととなった。花下に酔いを促すこと頻りなるを（桃花に）問いかけてみたくなる。桃の木をめぐる周辺には深酔いする者や酔いの浅い者もいる。（あの李広ではないが）桃花の下の小道（『蒙求』「李広成蹊」の故事）の南や北では二回三回と杯を重ねている者もいる。紅の雲がたなびくように桃花の咲く曲水で酒杯をさしつさされつする夜となり、水際にそそぐ月光の下の山簡の高陽池（のようなこの地）で酔いしれて逆さに馬にも乗りかねない（『蒙求』「山簡倒載」の故事）春らしい趣だ。鸚鵡貝の杯を盛んにやりとりすると（酔いを促す）鶯の囀りもなめらかだが、どうしてこの席にあって老い衰えた己の身にたえられようか。

同　　　　同じく　　藤原基俊

云愛桃花可愛匂　　云わく　桃花を愛み　匂を愛しむべしと
終朝勧酔感精神　　終朝　酔いを勧め　精神を感かす
入郷有路初開色　　郷に入るに路有り　始めて開く色

問戸不言偸咲唇　戸を問うも言わず　偸かに咲む唇
嫌楚客醒霞暖暁　楚客の醒めたるを嫌う　霞の暖かき暁
思漁父説露紅春　漁父の説くを思う　露の紅なる春
今逢万物得時節　今し　万物の時節を得たるに逢う
韶景何残零落身　韶景　何ぞ零落の身を残はん

（以上『中右記部類巻十紙背漢詩』）

現代語訳　桃花を賞美し、その芳香を愛でるべきだと言うので、一日中酔うて心をゆるがすのである。酔郷（王績「酔郷記」の故事）とも言うべきこの地に入ると小道があって、花が咲き始めたばかりの色を見せており、（紅の花に）どれ程飲んでいるの？　と問いかけても物言うはずもなく（「李広成蹊」の故事）、花はひそやかに笑む唇のような風情を見せている。花が赤く焼けた空の如き暖かさをたたえている明け方、あの楚の屈原のように独り醒めたままでいるのを嫌い、酒杯（「露」は酒のこと）に紅の花が映り込むこの春に、漁父が「独り醒めたりせず共に酔えばいい」と説いたこと（屈原「漁父辞」の故事）を思ったりする。今日こうしてすべての物が良き時

節を得ているのにめぐりあい、のどかな春の陽光は決して落ちぶれた身を損うことなどないと思うのだ。（七言律詩）

基俊の末句の「零落」は一応自分の身上のこととして解したものの、その一方で季仲の末句「老衰身」に呼応するようで、何やら基俊が季仲を慰撫しているように思えなくもない、などと言うのは私の僻目だろうか。

ところで、赴任した季仲のことなのだが……。それは二年目の長治二年（一一〇五）、延暦寺と石清水八幡宮勢力の末寺支配の騒動、即ち竈門宮事件でのことである。前年天台座主の慶長が院宣を奉じて、天台末寺の竈門宮別当（長官）に石清水八幡の別当光清を任ずるや、山門の悪僧法薬に座主を追われ、法薬は竈門宮の別当と自称し、配下の山徒を遣して宮を占拠し濫行に及んだ。光清は宣旨に依り検非違使に山徒を捕えさせ、季仲も宣旨に従い任地で兵を以て悪僧・神人らと闘争する事態となった。その時である、あの実政事件の時と同様に、兵卒の射た矢が宮の神輿に当たり、神人らにも死者が出た。そこで山徒（日吉社）が季仲らの処罰を求め強訴に及んだのである。

朝廷では半年あまり後に季仲を都に召喚し、十一月に彼は「権中納言権帥」を停められ、翌月には周防国に配流となり、翌長治三年二月には常陸国へと遠流に処されて、元永二年（一一一九）六月配所で没することとなる。当時台閣に在った藤原宗忠（一〇六二―一一三八）はその日記に次のように認めている。

才智有り、文章有り。惜しむべし、哀れむべし。但し、心性不直にして遂にその殃に逢うか。辺土においてその命を失うは、是れ前世の宿報なり。又何をか為さんや。配処に在ること十五年なり。

（『中右記』）

神威の前にはやはり公家も平伏す他なく、季仲は弁護も赦免もないまま、遐方の地に棄て置かれたのだった。

遠流に処されて三年後、都に届けられた季仲の詩に次のような一聯があったと云う。

遊子三年塵土面　　遊子三年　塵土の面

長安万里月花西　長安万里　月花（げっか）の西

現代語訳　辺地の旅暮らしをして三年、すっかり塵にまみれた顔になってしまった。
（仰げば）都は遥か万里の彼方（かなた）、月の沈む西方だ。

この詩句をめぐって、弟子の藤原実兼（さねかね）（季綱（すえつな）二男で信西の父。一〇九五―一一一二）が師の匡房に次のように問い質（ただ）している。

去年季仲殿が常陸国より詩を送って来られましたがこの句はどんなもんでしょうか。左遷の身を「遊子」と表現するのは不適切ですし、「面」というのもどうでしょう。『白氏文集』（巻九「出二関路一」）に「遊子塵土の顔」（塵土游子）とあるのを真似たものですか、いかがでしょう。ですが、下句の「月花」は「万巻の図書は天禄の上。一条の風景は月花の西」（同巻五六「和三劉郎中学士題二集賢閣一」）とあるのを学んだものでしょうが、白詩の場合は月（げっ）華門（かもん）の意で、集賢閣がその西にあることを言っており、季仲殿が用いている夜空の月（ムーン）の意ではないので、ひどく奇異な印象を持ちますね。すると師は笑っておられたのでした。

（『江談抄』第四）

末尾に見える匡房の「笑い」とは果たしてどのような笑いであったものか……若き弟子の白詩理解のその勉学ぶりに微笑んだものか、それとも季仲に対する冷笑か……と言えば、恐らく後者ではなかっただろうか。季仲自身は白詩にかなり傾頭して詩を作していたから、実兼の指摘など当然脳裏に在ったはずと私は思う。白詩の「月花（華）」は確かに月華門の意だが、それに掛けて月の意に用い、季仲は「月の西に傾く彼方にある都」の意に転用し、帰洛の思いを込め表現していることは改めて言う迄もないと思う。匡房は季仲の帰洛を願う心意を理解しながら、その思いを無視したのではあるまいか。匡房は当時都に在って、彼の流罪決定に関与する立場に在った。恐らく決定に異議を称えることなどしなかったであろう。否、そもそも彼が権帥の任期を全うできたのも神威あってのことと思えば、その象徴である神輿を射た責任は重大であると主張した可能性さえある。朝廷は季仲にも冷酷非情であった。

　ただ、私はここで、基俊が配所の季仲に贈ったという、九月十三夜（後の名月）の詠歌を挙げておきたい。

見るたびに昔のことの覚ゆればまだそのままに月をながめつ
（『基俊集』204）

これを読んだ時、彼の季仲を思う心情が、私の胸の閊を少し降ろしてくれたような気がしたのである。

8

さて、年も明けて、季仲の後任に指名されたのは何と匡房であった（長治三年二月）。権帥の再任は藤原隆家以来実に七十年ぶりのことであり、異例と言っても過言ではあるまい。康資王母は祝意を込めて歌を贈り、匡房もそれに応えている。

かくしあらば千年の数も添ひぬらん再び見つる箱崎の松

返し

箱崎の松の千年のしるければ再びのみか三度こそ見め
（『康資王母集』143 144）

再びどころか三度でも、と言うのは匡房の戯言である。

話は少し前後するが……西府から帰洛後の匡房は、気分のすぐれぬことが多かったようで、除病の為の願文や祭文を石清水や日吉社・北野社に奉り祈ったりしている。当時疫病も屢流行していて、

近日天下閑かならず。路辺に病める人ありて、あげて数うべからず。河原に死人充ち満てり。

（『中右記』長治二年四月二十四日）

という惨憺たる有様であった。

そんな中、歌にも優れた才を持っていた堀河天皇（一〇七九―一一〇七。白河天皇第二皇子）が組題百首を名うての歌人達――源俊頼・藤原基俊・顕季・公実・源師頼・肥後・紀伊ら十四人――に詠進させるということがあった（『堀河百首』）。匡房もその一人に名を列ねていたであろうから、多くの願文（依頼を受けたものが多い）をものする間にも詠歌に心を傾けていたであろうか。だが、天皇は生来病弱な気質であられたから、その頃御病悩になられることも多く、嘉

承二年（一一〇七）七月、とうとう二十九歳の若さで崩御されてしまう。帝のみではない。嘉承年間（一一〇六―〇八）には、藤原行家（文章博士。七十八歳）・源義家（前陸奥守。六十八歳）・藤原敦基（文章博士。六十一歳）・藤原実義（文章博士。四十歳）・菅原是綱（大学頭。七十八歳）・藤原成季（文章博士）といった学者・武人が相継いで逝去するのを匡房は見送っており、彼自身も病み再任の大宰府には赴けず、次のように詠じている。

病中作

近死慙情沈病愁
一時計会是窮秋
頭如霜雪白将尽
涙与梧桐紅不留
栄路紛紛花散漫
生涯苒苒水奔流
非王子晋誰長好

病中の作　　大江匡房

死に近ずき　情に慙づ　病に沈みて愁うるを
一時に計会す　是れ窮秋
頭は霜雪の如く　白くして将に尽きなんとし
涙は梧桐と与に　紅にして留まらず
栄路紛々として　花のごとくに散漫たり
生涯苒々として　水のごとくに奔流す
王子晋に非ざれば　誰か長く好からん

九聖七賢今在不　九聖七賢　今に在りや不(いな)や

（『本朝無題詩』巻五）

現代語訳　死に近く、情けないことに長わずらいのかなしい日々。わが生涯と秋の終わりがまさに申し合わせたようにやって来た。髪の毛は霜雪の如く真白で消えて無くならんばかりで、愁いの涙は（紅葉している）梧桐(アオギリ)と共に紅色(くれないいろ)を呈して流れやむことはない。栄華への道ははらはらと花が乱れ散るようにはかなく、わが生涯も急流の如く逝き過ぎ留まることはない。あの仙人となった王子晋（王子喬とも。『列仙伝』）でもあるまいに、誰がいつまでも事無(ことな)くていられよう（老や病からは誰も逃(のが)れられないのだ）。（例えば）あの九人の聖人（伏羲(ふっき)・神皇・黄帝・尭(ぎょう)・舜(しゅん)・禹(う)・文王(ぶんのう)・周公・孔子）や七人の賢人（阮籍(げんせき)・嵆康(けいこう)・山濤・向秀(しょうしゅう)・劉伶(れい)・阮咸(かん)・王戎(じゅう)）といえど今に存しているかどうか（と言えば自ずと明らかではないか）。（七言律詩）

その頃のこと、権中納言宗忠は次のように日記に書付けている。

ある人の話だと、江帥（匡房）殿はこの二、三年行歩もままならず、来客には逢われるものの、世間の雑事などを記録しているらしい。僻事も多く、人のことを論うことも多いとか。ひたすら筆に任せて世間の事を記しているのは不都合なことである。見もせず知りもしないのに無闇に記すなど狼藉極まりないもの、という。大儒（高位の大学者）とも言うべき匡房殿の所為としては納得しかねるものだ。

神民が蜂起し、群盗も乱行を働き、おおよそ大宰府管内は放火や殺害事件が頻発しているようなのだ……これは権帥に任じられてから三ヶ年も匡房殿が下向していないせいではないか……朝廷としては誠に不都合なことで、匡房殿の行いは穏やかならざるものではあるまいか。

（『中右記』）

もう匡房には西府に赴く体力も気力も残っていなかったのだろう。先般任期を勤め上げた彼にもたれかかり、再任を命じた挙句、朝廷はその西府の騒擾を彼ひとりの責任にしているように私には思われてならない。そこにはこれ迄の経緯もふまえつつ対応策を構築しようという問題意識の片鱗すら窺えないような気がするのだ。

それから三年後の天永二年（一一一一）十一月五日、匡房は七十一歳で世を去った。宗忠はその日記に次のように記している。

……ただ後に師となった時に赴任せず五ヶ年を過ごしたのだった。三代の侍読となり、才智人に過ぎ、詩文は他に勝って、誠に天下の明鏡というにふさわしい存在であった。但し、心性委曲（いきょく／こまかい）にして頗る（すこぶ）不直なること有り。ある人の云うには、申時許（さるのときばかり）（午後四時頃）に出家し、次いで老後の間に認め（したた）置いた日記を焼き、夜になって亡くなられたとのこと。朝廷に在っては簡潔にして要を得た方で、学問の世界では燈（ともしび）のような存在であった。良き臣下が国を去ってしまったのだ、嘆かわしく恐れ多いことである。

（『中右記』）

これに依ると、匡房もまた季仲同様「不直」の人とされている。西府に再び赴くことのなかった彼の心情や西府統治の朝廷としての対応などに何の忖度（そんたく）も言及もないのだった。

9

以下に記し置くのは匡房没後の大宰権帥・大弐任官の帰趨についてである。任じられた者を少し挙げてみると次のようになろう。

藤原顕季（大弐。天永二年）
源基綱（権帥。永久四年）
源重資（権帥。永久五年）
藤原俊忠（大弐・権帥。保安二年）
藤原長実（大弐・権帥。長承三年）
藤原顕頼（権帥。保延五年）
平実親（大弐。保延七年）

基綱は先に記したように父同様任地で没し、重資は任期終盤で上洛辞任。他の顕季以下の赴任は確認できないようで、匡房のように在京のまま任期を過ごしたかと思われるが、それでも俊忠・長実は任期中に没し、顕頼や実親に至っては、役務を退くことで子息の官を申請する理由にするという有様で、権帥・大弐は「保安年間（一一二〇―一一二四）権帥源重資を最後にまったく赴任しなくなった」（『国史大辞典』吉川弘文館）と記述されることになる。これは明らかに大宰府統治の軽視ではないかと思うのだが……それで良かったのだろうか、と今改めて私は匡房に訊ねてみたい気持ちになっている。

［主要参考文献］

川口久雄『大江匡房』（吉川弘文館・一九六八年）
戸田芳実『中右記〈躍動する院政時代の群像〉』（そしえて・一九七九年）
棚橋光男『大系日本の歴史4〈王朝の社会〉』（小学館・一九九二年）
深沢　徹『中世神話の煉丹術〈大江匡房とその時代〉』（人文書院・一九九四年）
小峯和明『院政期文学論』（笠間書院・二〇〇六年）
朧谷　寿『堀河天皇吟抄〈院政期の雅と趣〉』（ミネルヴァ書房・二〇一四年）

乱世悲哀──藤原忠通(ただみち)・頼長(よりなが)・信西(しんぜい)──

1

こんな興味深(おもしろ)い漢詩もあるのか！　平安時代の漢詩を読むことを日々の楽しみとしていた若い頃のこと、私は思わず笑ってしまったのである。その詩とは次のような一首だった。

賦㆓覆盆子㆒
夏来偏愛覆盆子
他事又無楽不窮
味似金丹旁感美

覆盆子(ふくぼんし)を賦(ふ)す
夏来(きた)り　偏(ひとえ)に愛(この)む覆盆子(いちご)
他事(たじ)また無く　楽しみ窮(きわ)まらず
味は金丹(きんたん)に似(に)て　旁(あまね)く美を感じ

色分青草只呈紅
真珠万顆周墻下
寒火一鑪孤盞中
酌酒言詩歌舞処
満盈珍物自愁空

色は青草を分けて　只だ紅を呈するのみ
真珠の万顆　周墻の下
寒火の一鑪　孤盞の中
酒を酌み詩を言え　歌舞する処
満ち盈てる珍しき物に　自ら愁えも空し

（『本朝無題詩』巻二）

現代語訳　夏が来てひたすらいとおしく思われるのはイチゴ。イチゴを楽しむ他にこれということもなく、楽しみも尽きることはない。その味は不老不死の仙薬の金丹に似て甘酸っぱく、あますところなく美味だ！　と感じるし、その色ときたら青々とした草葉の中にくっきりとただ紅い色を見せるばかりなのだ。真珠のように丸いつぶつぶがいっぱいのイチゴは、庭にめぐらされた垣根のところになり、寒々とした囲炉裏の火のようなイチゴは、（今こうして）一つの酒坏の中に盛られている。かくて酒を飲み詩を詠じ、歌舞を楽しむこの宴会に、いっぱいにあふれる珍しいもの（イチゴ）があると、自然と心中の憂愁もなくなってしまうことだ。（七言律詩）

「覆盆子」は訳で記した通りイチゴ（今日云う木苺のようでラズベリーの類。ほんとは「苺ちゃん」とでも訳したいのですが……）のこと。『枕草子』や『赤染衛門集』『沙石集』『古今著聞集』『尺素往来』等にもイチゴは見え、和歌にも少ないながら詠まれているが、文学の素材としては一般的ではなく、漢詩としては当時他に類例を見ない。これに次ぐ後世の作となると、恐らくは虚関師錬（一二七八―一三四六）の「覆盆子」（『済北集』巻二）ということになるだろうか。いずれにしても中国古典詩に詠詩の題としているものを私は寡聞にして知らない。

2

この漢詩の作者は、また歌人としても有名で、次の一首が『百人一首』に収められている。

わたの原こぎいでてみれば久方の雲居にまがふ沖つ白波

（『詞花集』379）

世間では多分こちらの和歌の方がよく知られていることだろうか。彼の名は「法性寺入道前関白太政大臣」という、『百人一首』中でも最も長たらしい作者表記になっている藤原忠通（一〇九七―一一六四）である。

彼は摂関家の嫡男で、鳥羽・崇徳・近衛・後白河の四代にわたって関白をつとめ、上記の通り位人臣を極めた超高級貴族?と言ってよいだろう。和歌も漢詩も作り、双方の集（『田多民治集』『法性寺関白御集』）もあるので和漢兼作家と称しても良いが、当時としては漢詩人と言うべき人物と私は思う。好文の親王と言われた兼明親王（九一四―八七）・具平親王（九六四―一〇〇五）や藤原伊周（九七三―一〇一〇。中宮定子の兄）にも引を取らぬ詩人であり、音楽や書（法性寺流の祖）の才でも傑出した存在と称えられている（『今鏡』）。十歳の頃に読書と手習いを始めたというが、才学の進捗著しく、当代きっての学識豊かな藤原宗忠（一〇六二―一一四一。右大臣）が、まだ十五歳だった忠通の溢れる才能に思わず「優美な詠詩で手跡も神妙……我が朝の文道の中興か」（『中右記』）と絶賛している程なのだ。『童蒙頌韻』（三善為康撰。漢詩詠作の為の韻書）は当時十三歳の彼の為に供されたもので、その翌年には白河上皇（一〇五三―一一二九）より『白氏文集』（当時必読の唐の白居易の詩文集）を賜った。そして早速それを範として研鑽につとめ、例えば次のような詩をものしている。

売レ炭翁

借問老翁何所営
伐薪焼炭送餘生
塵埃満面嶺嵐暁
焼火妨望山月程
直乏泣帰氷冴路
衣単不耐雪寒情
白衫宮使牽車去
半疋紅紗莫以軽

炭を売る翁

借問す　老翁　何をか営むところぞ
薪を伐り炭を焼き　餘生を送ると
塵埃は面に満つ　嶺嵐の暁
焼火は望を妨ぐ　山月の程
直乏しく泣くなく帰る　氷冴えたる路
衣単にして耐えず　雪寒き情
白衫の宮使　車を牽いて去る
半疋の紅紗　以て軽んずること莫れと

（『法性寺関白御集』）

現代語訳　ちょっとお尋ねしますが、おじいさん、何を生業にしとりますか？（へえ）薪をかり炭焼して餘生を送っておりやす。峯より風の吹き下ろす明け方にゃあ（都へと売りに出ますが）顔は煤や塵でいっぱいでさあ。山に月が出る頃にゃあ炭焼く煙で眺めやるのもかなわぬくらいでやす。たいして金にもならなんだら、氷の敷くさえざえとした山道を泣くなく帰るほかございやせんし、雪でも降り寒々としばれる身には単衣（ひとえ）じゃとても耐えきれん思いでございやす。白い衣の宮中のお使いとやらが、わしの炭車（すみぐるま）を引いて行ってしまいよった。わずか半疋（はんぴき）の赤い絹の布を代金に、ゆめ軽んずるでないぞよと（は随分な言い種（ぐさ）じゃござんせんか）。（七言律詩）

これは白居易の新楽府（しんがふ）中の「売炭翁（ばいたんおう／すみうりおきな）」詩（和歌世界にも大きな影響を与えている）に倣（なら）った習作で、用語・表現とも似るところの多いのは言うまでもないのだが、恐らくそれだけということでもあるまい。

君を我が思ふ心は大原やいつしかとのみすみやかれつつ　（『詞花集』233藤原相如（すけゆき））

み山木を朝な夕なに樵（こ）りつめて寒さをこふる小野の炭焼き　（『拾遺集』1144曽根好忠）

などと和歌世界で詠まれ始め、和泉式部や赤染衛門らの作をへ、三宮輔仁親王（さんのみやすけひと）「見売炭婦（すみうりめをみる）」詩もあり、『堀河百首』あたりで定着したという洛北の大原・小野の里の現実の炭焼きの生態

も意識して詠まれていることだろうか。それは、

雪の朝さじきあけて御覧じけるに炭売りの過ぎければ　（『出観集』654詞書）

と記されるように確かに彼らの実生活の身近にあった光景なのである。歌枕の中には概念で成り立っている例も少なくないが、そうした地ではなかったことも忘れてはならない気がする。後の中世禅林世界で、南江宗沅『漁庵小藁』や横川景三『補庵京華外集』（巻上）に「贈二売レ炭翁一」詩が見えるのも、このような享受継承と無縁ではなかろう。

ともあれ、こんな息子の才能を父忠実（一〇七八―一一六二）はどのように思っていただろうか。父は自身の若い頃のことを次のように回顧している（現代語訳で記す。以下同じ）。

私は若い頃、漢詩文の学問は大切だと思っていたので、法輪寺に参詣して、わが寿命を少し縮めてでも学問の道をお助け下さいと祈願したものだ。このことを後に藤原宗俊（母の兄。大納言）・源経信（大納言。詩歌管絃にすぐれ「三船の才」で名高い）のおふたりにお

話したところ、彼らの仰るには「とんでもないことですぞ。あの道長公も頼通公も、御祖父師実(もろざね)様も才学人に勝っておられたわけではない。ですが高貴な御方でいらっしゃいました。（それを見習うべく）早く心をお改めなさい」と。（『中外抄(ちゅうがいしょう)』）

また次のようにも記している。

匡房(まさふさ)卿（大江氏。忠実の父師通の最も信頼していた当時の大学者）が申しておりましたことに、摂政関白は必ずしも漢学の才などおありでなくとも（別に、「漢詩作りは無益だ」とも）、大和魂(やまとだましい)（現実の政務を臨機応変に処理する能力）にさえ賢(かしこ)くていらっしゃれば、天下をお治めになれます。紙を四、五巻続けて、「只今馳(ただいまは)せ参る」「今日、天晴る」などと（日記を）お書きなさるべきでございましょう。十、二十巻なりともお書きになられましたなら並々ならぬ学者におなりで、文句のつけようもございませんでしょう、と。

（『中外抄』）

それで強いて学問に精出さなかった（勿論謙遜の意も込めて言っていよう）と言うわけだが、息子忠通の早熟ぶりにはさぞや驚くと共に喜びをかみしめていたのではあるまいか。

なお漢詩を残していない頼通や師実はともかく、右の文中で道長を「才学は人に勝りてやは御坐せし」（原文）人に挙げているのは私としては聊か遺憾である。道長と言えば、天皇をも凌ぐ権勢を有し摂関家の極盛期を築き上げたことや、当時の文化サロン（特に漢詩世界）のスポンサーとして語られることが多いのだが、現存する彼の漢詩からみて、かなり漢詩人然とした風雅を愛する人物であったと私は思うのだ。

暮秋宇治別業即事　　暮秋宇治の別業にて即事　　藤原道長

別業号伝宇治名　　別業　号し伝う　宇治の名
暮雲路僻隔華京　　暮雲　路僻く　華京を隔つ
柴門月静眠霜色　　柴門　月静かにして　霜の色に眠り
旅店風寒宿浪声　　旅店　風寒うして　浪の声に宿る
排戸遥見漢文去　　戸を排いて遥かに見る　漢文の去るを

巻簾斜望雁橋横　簾を巻いて斜めに望む　雁橋の横たわるを
勝遊此地猶難尽　勝遊　此の地　猶尽くし難し
秋興移将潘令情　秋興　移将つ　潘令が情

（『本朝麗藻』巻下）

現代語訳　この別荘は宇治の別業と名付けられ伝領されてきた処である。夕暮れの雲を眺めつつ、片田舎の道をへて都から遠く離れたこの地にやって来た。粗末な門口は月が静かに照らして霜のような光の下に眠り、旅の宿には風が寒々と吹き寄せて川の瀬音を耳にしつつ泊るのだ。戸を押し開けて遥か遠く雁が文字を連ねるように飛び行くのを見たり、御簾を巻き上げて川に架かる橋を横ざまに眺めやる。かくして（私の）心にかなう遊びはこの地に尽くしきれない程あるから、秋の興趣はあの潘岳の心情のままということにもなるのである。

（七言律詩）

この作は林鵞峰の『本朝一人一首』（巻五）にも採られた作（但し、本文の一部・解釈には研究者により異同もあり、あくまで私案による）であり、彼の佳篇の一首と言ってもよいだろう。この宇治別業は、後に宇治平等院の地として知られるところとなる。猶、同じ時に作られた藤原行成や源孝道の七律も残り、具平親王も後日に次韻詩を賦している。

ところで、当時の詩人達の眼目は、頷聯（がんれん）・頸聯（けい）（第三句から六句）の対句の妙（みょう）にあった。「雁橋」は白居易詩に散見する「雁歯橋」（橋下に見える材木が歯列・雁列のように見えることから橋の雅名）をつづめた語。「移将」の「将」は接尾辞でさして意味はなく、これも白詩に見える用語だ。私が道長のこの詩を敢て取挙げたのは白詩の影響を述べるためだけではなく、その頸聯の表現を少し変えて、忠通が自分の「暮秋即事」詩（『本朝無題詩』巻五。七言排律）の一聯に利用しているからである。つまり忠通は道長の詩を恐らく読み学んでおり、詩人としての道長を意識していたと言って良いのではないかと思うのだ。従来道長の漢詩は、国文・国史学の学者の方々にも殆（ほとん）ど言及して戴けないのだが、道長の表現者としての面目は、あの有名な「この世をば」の和歌以上に、実は漢詩にこそ窺えると私は思っている。

3

堀河朝の寛治五年（一〇九一）、忠実は十四歳の若さで公卿入りし、翌年には権中納言として台閣に座を列ねるようになった。以後摂関家の経済基盤の形成につとめながら、内覧・摂政・太政大臣・関白と順調に栄進して地歩を固めつつあった。

ところが、保安元年（一一二〇）十一月のことである。娘の入内の一件で、忠実は白河法皇の権限を犯して逆鱗に触れ、突如内覧停止を食らう。そして翌年には関白を辞することとなり、足かけ三十年に及ぶ公卿の座を追われ、法皇の権威の前に別業の地宇治富家殿に籠居を餘儀なくされてしまうのである。替って、父同様若きより公卿に列していた息忠通が二十五歳で関白・氏長者（藤原氏一族の首領の地位）を継ぐこととなった。

だが、恐らくその頃の忠通は詩歌に熱中していて、政事にはさして興味を持っていなかったのではあるまいか。天永元年（一一一〇）以来、自ら詩歌の会（歌合や作文会）を催し続けており、元永二年（一一一九）には、伝統保守の藤原基俊と新風を追う源俊頼といった近しい歌人に加え、白河院側近にして六条派歌壇の総帥藤原顕季（六十五歳）を敢て招いて歌合を催し、当時の歌壇に鼎立する三者の歌論評定を企画（生憎と俊頼を欠き不首尾）したりもしている。その後は、三十歳を迎えた大治元年（一一二六）八月の忠通家歌合を最後に、彼は専ら作文会（漢詩詠作の会）に身を入れてゆくようになる。

白河法皇は詩歌にも優れた才を有する風雅を愛する人でもあったが、政治的には老練な手腕を発揮し、天皇（鳥羽・崇徳）と摂関家を抑え、院の近臣を手足に専制主として院政を確固たるものにしてゆく。

さて、宇治に籠居していた失意の忠実にとって、心の慰めと言えば、都を辞した年に生まれ身近で養育していた幼な子ではなかっただろうか。四十代半ばにさしかかった老いの身（当時としては晩年と言って良い。但し、彼は八十五歳迄生きるが、この時はまだ知る由もない）に、容貌一際うるわしい息子への「舐犢之愛」（親牛が子牛を舐めまわして慈しむように溺愛すること）が生じていたとしても何の不思議もない。

息子は摂関家の理想的存在？とされる藤原道長・頼通父子から一字ずつ採ったかと思わせる「頼長」（一一二〇―五六）と命名された。碩学大江匡房（一〇四一―一一一一）に学んだ源師頼（大納言）に早くから『漢書』を授けられたのを皮切りに、次々と当代一級の先学を師に学んで深めつつ、生まれながらの才能を開花させ、和漢の才に富む「日本第一の大学生」（『愚管抄』）と称されるようになってゆく。だが、彼の学問の中心は経史書（儒学の経典と歴史書）であり、仏書も読んだようだが、兄が没頭した詩歌管絃には殆ど関心を持たなかったようで、殊(こと)に和歌は顧慮の外(ほか)であった。

頼長は六歳の時に、当時男子に恵まれていなかった兄忠通の猶子(ゆうし)（今日風に言えば養子）となる。十一歳で昇殿を許され、十二歳で従三位（公卿相当位）に進み、更には十三歳で権中納言の座を占める。これは父や兄より早い昇進であるが、その背景には、白河法皇崩御（一一二九年）後、鳥羽院の寵遇(ちょうぐう)を得て漸く復権してきた父忠実の後押しがあり、以後父は頼長を摂関家の後継と見做(みな)して、遂には兄忠通との相剋(そうこく)状況を作り出してしまうことになるのだ。

夏日桂別業即事　　藤原忠通

京洛西南桂水辺
地形勝絶任天然
松杉山暗陰雲底
鳥雀林喧落日前

夏日(かじつ)桂(かつら)の別業にて即事

京洛(けいらく／みやこ)の西南　桂水(けいすい)の辺(ほとり)
地形勝絶(しょうぜつ)にして　天然(てんねん)に任(まか)せたり
松杉(しょうさん)の山は暗(くら)し　陰雲(いんうん)の底(そこ)
鳥雀(ちょうじゃく)の林は喧(かまびす)し　落日の前

官禄餘身雖照世　官禄　身に餘りて　世を照らすと雖も
素閑承性不争権　素閑　性を承けて　権を争わず
尋来此処有何思　此の処に尋ね来り　何の思うことか有る
触境逸遊感緒連　境に触れ　逸遊すれば　感緒連りなり

（『本朝無題詩』巻六）

現代語訳　都の西南の桂川のほとり。この地にはすぐれた趣があり、自然そのままの姿だ。薄暗い雨催いの雲の下に松や杉の生える山は暗く、夕陽の沈む頃ともなると小鳥らが林の中で啼き騒ぐ。わが身にあまる身分と俸給を与えられ世を治める立場にあるが、質素と清閑を好む性格なので権力を争うつもりなどない。この桂の別荘にやって来て何思うかと言えば……この地の素晴らしい風情に触れ気儘に遊んでいると、感興が次々と湧いてくるということだ。

（七言律詩）

忠通のその頃の作であろうか。「陰雲」や「鳥雀」につい彼を取り巻く政治的状況を重ねてしまいかねないが……。ともあれ、彼は年若い身で、父失脚後十年近く、強権的な白河院政下で摂関家の屋台骨を支え続けてきていたわけで、そのストレスも並大抵のものではなかったのではあるまいか。政事を執る高位に在るものの、権力を争うつもりはないと言っているが、勿論詩は必ずしも事実や本心を詠んでいるとは限らない。だが、現実の心の揺らぎの中で作られることも確かであろう。不安や苦悩を抱えればこそ、先のような思いもふと募ってくるのではなかっただろうか。そんな忠通に対して、父はあまりにも冷淡であったのではないかと、私は改めて言わずにはいられない気持ちになるのだ。父の庇護を背景に頼長は、

> 詩歌は楽しみの中の翫びなり。朝家の要事に非ず。手跡は一旦の興なり。賢臣必ずしも是を好むべからず。
> （『保元物語』）

と言い放ち、次第に兄忠通への対抗意識を強くしていったように思われる。

頼長は経学を宗とし信西を師に励めたという。その日記『台記』によれば、十代から二十代半ば頃迄の寸暇を惜しんでの読書、学習研鑽ぶりは、凡庸な私などからみればまさに超人的！と言って良いように思う。何と読破したのは経史雑説千巻を越える（一一四三年現在）。加

えて期日を定めて講論を行う、今日風に言えばゼミのようなものを主催し、『左氏伝』『周易』『尚書』『礼記』『周礼』『儀礼』『毛詩』『老子』等を熱心に読込んでいたようだ。それに蒐書にも意欲的で宋商から取寄せたり、自ら文庫を設計造営したりもしている。

忠実・頼長父子と忠通の関係に小波が生じ始めるのは、四十七歳の忠通に息子基実が生まれた（一一四三年）頃だろうか。自分の後は実子に嗣がせたい……それは父親の情として自然なものであろうが、既に父により後継とされた頼長は二十四歳内大臣の職にあり、息子もいた。従って心中複雑なものがあったであろうことも想像に難くない。やがて、頼長は自らの系統の外戚による摂関家継承を確実にする為に、養女多子の入内・立后（一一五〇年）を計る。一方、忠通も美福門院（鳥羽天皇皇后得子。一一一七－六〇）と結んで養女呈子の入内・中宮冊立を進めることで、双方の相剋は後戻りできないものとなってゆく。こうして、父忠実の考えていた、忠通から頼長への「摂関」譲渡は絶望的なものとなってしまう。父は己の父権にあくまで抗う忠通に憤怒して遂にこれを義絶（親子の縁を絶つ）し、摂関家の象徴的居処である東三条邸と朱器台盤（藤原冬嗣以来氏長者が伝領してきた重宝）を奪い、氏長者の地位を頼長に与えてしまうのだ。権力への妄執は、忠実のような賢明な人物――しかも古稀を疾っくに越えている——でも断ち難いものなのだと、私のような下々(げげ/しもじも)の老人はただ慄然(りつぜん)とするばかりである。

4

ところで、先に頼長の師として名を挙げた信西（藤原通憲(みちのり)。一一〇六—五九）のことである。彼にもここで少し触れておかねばなるまい。彼の曽祖父藤原実範(さねのり)（?—一〇二三—一〇六一—?。文章博士・大学頭）や祖父季綱(すえつな)（?—一〇二七—九九—?。大学頭）は漢詩人・学者としてよく知られた人である。父実兼(さねかね)（一〇八五—一一一二。匡房の弟子で『江談抄』の筆録者）が早逝した為、祖父の母方の縁だろうか、高階経敏(たかしなのつねとし)の下(もと)で育った。儒者（学者）としての道に恵まれていたとは言えないが、後に諸道に達した才人にして、九流八家(さまざまなぶんや)に通じていたと称されるから、努力の人であったことは間違いなく、曽祖父・祖父と共に院政期最大の漢詩集『本朝無題詩』の有力な詩人の一人となっている。

書レ懐題二紙障一　　藤原通憲

寸禄斗儲求豈得
生涯本自任浮沈
顧身遂識栄枯分
在世独慵遊宦心
晋桂当初難入手
呉桐何日遇知音
一篇狂句一壺酒
箇裡時時足酔吟

懐いを書して紙障に題す

寸禄斗儲　求めて豈に得んや
生涯は本自より浮沈に任す
身を顧みては遂に識んぬ　栄枯の分
世に在りては独り慵し　遊宦の心
晋桂　当初　手に入れ難し
呉桐　何れの日にか　知音に遇わん
一篇の狂句と一壺の酒と
箇裡ぞ　時々に酔吟するに足る

（『本朝無題詩』巻二）

現代語訳　僅かな俸禄や儲など求めて得ようとは思わぬ。わが生涯はもとより浮沈に任すまま。己の身を顧みて遂にその栄枯の程を知り、俗世に在ってひとり役人暮らしの物憂さを思う。若い頃、あの晋の郤詵のように対策登科（エリート試験に合格すること。『蒙求』「郤詵一枝」の故事）を目指し学問に努めたものだったが叶わなかった。炊事の火に焼べられていた桐材が琴の良い素材であることを見出した蔡邕（『捜神記』）のような良き理解者に一体自分はいつになったらめぐり会えるのだろうか。こうしてこの一篇の戯れの詩と一壺の酒に興ずる、この詩酒の世界こそ折につけ酔吟するに足るものがあるというものだ。

（七言律詩）

これはまだ彼の不遇時代の作と思われるが、やがて中宮璋子（一一〇一―四五。待賢門院。崇徳・後白河帝の母）に仕えて鳥羽天皇の信任を得、また妻の紀伊が乳母として仕えた後白河が即位するや（一一五五年）、出家（一一四三年）の身にして著しい活躍を見せることとなる。

少し溯る天養二年（一一四五）季夏のことになるが……師事する信西の経書理解の誤りを頼長が指摘すると、彼は次のように応えたという。

> 閣下（頼長）の学才は古にも恥じないものです。漢朝（中国のこと）を訪ねても肩を並べられる者はまれでしょう。もうわが国の先達を超えられ、わが国には過ぎた存在におなりですので、私は不安で深く恐れております。今より後、もう経典など学んではなりま

せんよ。

（『台記』）

それから三年後（一一四八年）の晩秋、二人は鳥羽院の四天王寺参詣に扈従し、勅命あって信西・頼長は共にお側近くに侍った。

院は本朝の故事（歴史）についてお訊ねになった。信西殿はご質問によどみなくお答え申し上げたが、私はそれに一言も加えるべき言葉もなかった。心中恥ずかしく思った。

（『台記』）

と頼長は記し、信西に圧倒された様子が窺える。信西は後に院の密詔により厖大な歴史書『本朝世紀』（現存は一部）の撰進を命ぜられているが、頼長も改めて本朝の歴史を学ばねばならぬ（但し経学の暇にだが）と思ったようだ。実はその年の正月のことである。彼は息子（後の兼長）に初め「忠経」と命名したのだが、父は不快で忿然として次のように言い放ち、藤原顕業（参議。文章博士）に再検討を命じたという。

（「ただつね」は）謀反人の名だ。（確かに）摂政（忠通）は風月（詩歌）に長じ、吾子（頼長）は経書に通じている（のかも知れん）。だが、（こともあろうに）我が朝の謀反人の名も知らんとはなさけない（謀反人の呼び名に通ずる名を息子に付けるとは何事だ！）。いわゆる目の毛筋（微細卑近なところ）ばかり見て、曠く（物事を）見れないとは……愚か者と謂うべきだ。　　（『台記』）

と手厳しく叱責され苦い思いをしたばかりでもあったのである。「ただつね」に父は平忠常（九六七―一〇三一）を想起したのだ。彼はかつて上総・下総一帯を基盤に一大勢力を誇り、不埒な振舞いやまず、遂に長元元年（一〇二八）――あの摂関家の「三帝の外祖」道長公が没した翌年のことになる――には安房に侵入して国守を殺害、関東一円を混乱に陥し入れた大逆人であった（平忠常の乱）。

5

それにしてもこれ迄引用してきた頼長の日記『台記』には時折ハッとさせられるような記事が見えていて興味深い。父忠実は、

> 日記は委しく書くべからざるなり。人の失また書くべからず。ただ公事をうるはしく書くべきなり。……日記を秘すべからざるなり。
>
> （『中外抄』）

と述べており、今日の日記とは異なり、私事・私情も詳述することを控えるのが当時の一般であったらしいのだが、頼長の場合は必ずしもそうではなかったようなのだ。勿論公事はきちんと書いている。それもかなり詳細に拘って書いているところも多々あるが、人の過失にも厳しく、秘匿すべきこと?も記したりしている。

例えば、太政官の召使で忠君の人が、検非違使庁（主に都の治安維持を担当）の者に殺害さ

れるという事件があった。その後犯人が非常赦で赦免（つみがゆるされる）されたのに腹を立て、彼は人知れず刺客を差向けてこれを殺したと記し、「代レ天誅レ之。猶二武王誅レ紂也」などと尊大にも書付け悦に入っているのには驚かされるばかりだ。

また、久安三年（一一四七）三月十五日のこと。「大僕卿孝標」が二月に賀茂社百度参詣を企て、その苦行の暇にひそかに懐いを述べたという詩歌を頼長に届けてくる。その詩とは次のようなものである。

上下往来百度功　　上下に往来す　百度の功
誓心引歩鴨堤中　　心に誓い歩を引く　鴨堤の中
苦行日積何攸憶　　苦行の日積みて　何をか憶う攸ぞ
素願偸祈古栢風　　素願偸かに祈る　古栢の風

現代語訳　上下の賀茂の社に往き来してお百度詣にこれまでつとめて参りました。心に誓いを立て鴨川の堤へと足を運んでいるのです。苦行の日々を重ねて何を思っているかと言えば、かねてから心ひそかに古き柏（栢はここでは柏の異体字。皇居を守

護する兵衛・衛門府を暗示する）の風に吹かれてみたい（任官したい）と祈願しているのですよ。（七言絶句）

これに応えて、頼長も次韻詩（同じ韻字を同じ順に用いる。ここは「中」「風」）を作っている（彼は和歌は作っていない）。彼の現存する漢詩は少ないので貴重な作と言って良いだろう。

吾如南土汝参北　　吾れは南土に如き　汝れは北に参る
只今詣二春日一。　　只今春日に詣でんとす。
故有二此句一。　　故に此の句有り。
素願共通神意中　　素願共に通さん　神の意の中に
鴨御祖神垂恵速　　鴨御祖神の恵を垂れたもうこと速かなれば
今冬定聴羽林風　　今冬には定めて聴かん　羽林の風を

現代語訳　私は南都の春日大社参詣へ、あなたは北の賀茂社にお参りということですね。かねてからの願いを共に神の御心にお届けしましょう。賀茂社の神様（「鴨御祖」は下社を通常指すが、ここは一方を挙げて両社を意味しよう）の御恵を下されますことは迅速と伺っておりますから、今年の冬あたりには近衛府で颪の音に耳を傾ける（つまり、御役に任じられる）ことになるのではないかと存じますよ。（七言絶句）

先の作者「大僕卿孝標」とは実は左馬頭の藤原隆季（鳥羽院の近臣で威をふるった中納言家成の息。歌人。一一二七―八五）のことで、何と彼は頼長の数多い男色（衆道とも）の相手のひとりでもあった（五味文彦）。もっともこの当時の公家社会の男色はさして珍しいものとは言えないようなので、記している私も継ぐ言葉に困ってしまうわけだが……只一言付け加えておけば、隆季の願いは叶わなかった。

さて、頼長の二十代半ば頃になるだろうか、「撥乱反正」（乱れた世を撥めて正しきに反す。『春秋公羊伝』に発する）を旨に、彼は緩みきった施政の刷新を目指して朝儀の復興を期し、僧綱補任・薨奏・釈奠晴儀・勧学院曲宴等の再興に成果を挙げ、また、摂関家の氏長者としても自らをあの一条朝の道長公に擬えて治世の隆盛を庶幾したようだ。

だが、台閣の中で彼は最も若く、性急に事を運んで、己に反する者達には苛烈な処置も辞さなかった。その態度を「悪左府」（あこぎな左大臣）と呼んで、周囲の者達は次第に退いてゆき、彼は孤立化してゆくことになる。私はその経過を追いながら、彼があまりにも「生き急いでいる」ように思えてしかたがなかった。思えば、二十代の頃と言えば、旧習に泥むことに抵抗を覚えるものであろうし、なりふりかまわず独善的、身勝手に走り出す場面もないとは言えない（私自身にも幾多の苦い覚えがある）。また、何かしらの確かな成果を自ら手にしたい（所謂「自己承認欲求」）という気持ちもわかるのだけれど、彼の孤独と焦躁の心には、私のような凡庸な者には窺い知れぬ、深くて暗い淵があるように思われてならない。

6

頼長・信西・忠通三人の境涯が大きく変転するのは久寿二年（一一五五）のことだろう。生来病弱であった近衛天皇（一一三九―五五。鳥羽法皇の息）が夭逝し、新帝の選定が急がれる中、雅仁親王（鳥羽法皇の息。後白河天皇。一一二七―九二）が浮上。美福門院・関白忠通もこれを推したが、背後では信西が決定的な役割を果たしたともいう（橋本義彦）。更に、美福門院・忠通側は、天皇の夭逝は忠実・頼長父子の呪詛によると、鳥羽法皇に讒訴して、摂関家と法皇の離間にも成功する。

ここ三年程病がちであった法皇は何か予感めいたものでもあったのだろうか、かねてから「朕子即世せば天下将に乱れんとす。嗚呼哀しい哉」（『台記』）と嘆かれていたと言うが、翌年に彼は、鳥羽殿と皇居に武士を集結させると共に、忠実・頼長側の徴兵を阻止し、東三条邸を接収する。事態は一気に緊迫し、頼長は追い詰められてゆく。崇徳上皇（母璋子は白河の子の彼を生み、鳥羽の皇后となった）も（自分のせいではないのに気の毒ではあるが）かねてから法皇に疎まれており、頼長側に走り、摂関家勢力と院近臣との対立に加えて武士団も二分化され、法皇崩御（七月二日）後、十一日未明に天皇側（後白河・信西・平清盛・源義朝ら）と上皇側（崇徳・頼長・忠実・源為義・為朝ら）が戦闘を交えることとなる。これが世に云う保元の乱だが、勝敗は急襲を行った天皇側が勝利し、崇徳・頼長らは敗走する。謀首とされた頼長は合戦の流れ矢による負傷の身で、命からがら父の下に赴こうと、面会を願い出たと言うが、あれ程愛されていると思っていた父に無慈悲にも拒絶され、その後無惨なことに彼は傷の痛みに終夜苦悶しぬいて果てたと伝えられている。その孤独と絶望はいかばかりであったかと、私は胸も裂かれんばかりの思いを禁じえない。

一方、かつて師弟関係にあった頼長の苛酷な運命に、勝者側に在った信西はどのような思いでいたことだろうか。頼長は成り上りに対しては「僭上の沙汰」（己の身もわきまえぬとんでもないこと）という姿勢を崩さなかったようでもあるし、信西も摂関家に対しては批判的な立場をとっていたとも言う。が、二人が生前に衝突したという様子はないようだ。むしろ信西は頼長の行った釈奠晴儀の復興等の所謂旧儀の再興には共感を抱いていたのではあるまいか。

乱後の政権は後白河天皇の寵愛と威光の下に実質的には信西が掌握することとなる。彼は大内裏を再建したり、先述したように『本朝世紀』や、法制書の『法曹類林』なども撰進している。殊に文学との関わりで敢て挙げておかねばならないとすれば、長元七年（一〇三四）以来一二三年ぶりに復興された保元三年（一一五八）正月二十二日の「内宴」（嵯峨天皇が近臣を召し正月下旬に行った詩宴に始まる）であろうか。信西の息俊憲（左少弁・東宮学士）が序者をつとめたが、儀式次第の記録の後の賦詩群（「七言。早春内宴侍二仁寿殿一同賦二春生聖化中一。応製。以レ来為レ韻」題）の冒頭に掲げられているのは次の作である。

春生聖化中　　春は生ず聖化の中　　藤原忠通

中殿春生楽幾廻　　中殿に春生じて　楽幾たびか廻れる
不図聖化一時催　　図らざりき　聖化一時に催すとは
花将殊俗嚮風媚　　花は将に殊俗にして　風に嚮かいて媚び
鶯是遺賢歌徳来　　鶯は是れ遺賢にして　徳を歌いて来る
隴塞境交朝雪淡　　隴塞　境交えて　朝の雪淡く
昆明水暖暁氷開　　昆明　水暖かに　暁の氷開かん
文才糸管用能席　　文才と糸管と　能を用て席あり
選入猶非老幸哉　　選ばれて入るは　猶老いの幸に非ずや

（『内宴記』）

現代語訳　仁寿殿に春が生じ、音楽が幾たびも奏され、帝の徳化が同時に及ぶとは思いもかけぬことであった（内宴とはまことに素晴らしい）。（大内裏も落成し）宮中の花は俗世とは異なり春風の中に人目を引くように美しく咲き、（谷にいた）鶯も世に埋もれていた賢人よろしく帝徳を歌いつつやって来る。（春は帝の徳の中に生じるという通り）遥か遠い隴西（甘粛省。西域のこと）の辺塞の国境あたりにも恵みは及んで朝方の雪も淡く融け、あの昆明池（白詩新楽府「昆明春水満」を意識。天子の徳の天下に及ぶ様を詠じている）の水も恵みにより暖かくなり明け方の氷も解けてゆくことだろう。詩才と楽才の能力により席が設けられ、こうして選ばれて（内宴の晴儀に）参加できたというのも、老いの身（六十二歳）の幸いであったことだ。（七言律詩）

これは現存する忠通最晩年の作である。

この作からわずか二ヶ月あまり後の四月二日、賀茂祭でのこと。見物していた忠通一行の前を新参議藤原信頼（二十六歳。後白河帝の寵臣）一行が無礼にも横切ったことで乱闘事件が発生。帝は一方的に処断し、忠通は閉門、八月には関白辞任に追い込まれ、息子基実（十六歳）に摂関家の後事を託して退く他なかった。彼はかつての父の逼塞を、改めて想い起こしていたことだろう。

先の内宴を企画した信西の身にも程なく危難が襲いかかる。驕慢な信頼は、信西を「讒佞至極のひがもの也」（諂いきわまりないねじけた奴。『平治物語』）と痛罵し、結局この二人の後白河近臣の主導権争いが新たな火種となって、翌平治元年（一一五九）十二月、平清盛の熊野参詣の隙を突いて、信頼と配下の源義朝が院御所を急襲。後白河院を拉致幽閉し、前年即位したばかりの二条帝も監視下に置いて宮中を掌握した。程なく宇治田原の山中で自決した信西の首も届けられ、都大路を渡して獄門に晒されたのである。急を知り旅途から立戻った清盛は信西が再興したばかりの大内裏でクーデター側と熾烈な戦闘に臨み勝利して、信頼は六条河原で斬首された。これが平治の乱で、これにより平家は確固たる地位を占め、源氏は壊滅的な打撃を受けることとなった。

7

右に記して来たような、慌ただしくも悍ましい時局の惨状を目の当たりにして、忠通は一体どのような思いで居たことだろうか。『今鏡』の一節には次のような彼の最晩年の姿が描かれている。

二条院（後白河院の息。一一四三―六五）が御即位（一一五八年八月）なさいました時、忠通様は御子（基実）に関白の位をお譲りなさってお過ごしでございましたが、（程なく）剃髪御出家なさり、御法名を円観とお付けなさいました（一一六二年六月）。お亡くなりなさる時（一一六四年二月）に近くなりました頃、法性寺殿（常の居処）や桂殿（桂川のほとりの別荘）などを遊覧なさり、諸処の景色風情をいろんな漢詩にお作りになられて、（藤原）守光・惟俊（いずれも文章生出身）などという詩文を嗜む者達にお与えになり、彼らも唱和申し上げたり、出来の良し悪しを判定なさったりされたことでございました。

忠通出家後十日して父忠実が八十五歳で世を去り、既に摂関家の権威も、それを支えていた武士団も失われ、斜陽の趨勢は留め難いものとなってゆく。先のように忠通は風雅の人として描かれているが、彼に残されていたものは、結局若い頃から親しんできた漢詩の世界であった。そのことを私は少し物哀しく思いつつも、何故か救われたような気持ちにもなっているのである。

〔主要参考文献〕

龍　粛『平安時代』（春秋社・一九六二年）
橋本義彦『藤原頼長』（吉川弘文館・一九六四年）
五味文彦『院政期社会の研究』（山川出版社・一九八四年）
元木泰雄『藤原忠実』（同・二〇〇〇年）
同　右『院政の展開と内乱』（同・二〇〇二年）
同　右『保元・平治の乱を読みなおす』（日本放送出版協会・二〇〇四年）

禅僧流謫（るたく）——雪村友梅（せっそんゆうばい）断章——

1

大学に入学した頃、私は湘南と呼ばれる地域に住んでいた。だから鎌倉は指呼（しこ）の間に在り、今でも一入（ひとしお）思い出深い記憶に繋がる地である。ひとりで気晴らしによく出かけた。北鎌倉駅で下車して市街に向って歩き、鶴岡八幡宮などを経て、江の電に乗り、高徳院の露座大仏を拝して長谷寺に参り、七里ケ浜を少し歩き、江の島で富士と夕陽を見て藤沢経由で帰宅するほぼ一日のコースである。勿論その途中には円覚寺・浄智寺・建長寺・浄妙寺・寿福寺という鎌倉五山の名刹（めいさつ）がある。ただその頃の私は、禅宗の寺院が国文学の世界と深い関係があるとはさして意識もしていなかった。

大学院に進んだ時、敬慕していた恩師が鎌倉・京都五山を中心とする禅林文学の重要性について話して下さらなかったら、恐らくその世界を覗いてみようともしなかっただろうと思う。何しろ禅宗には「不立文字」（悟りに至るに文字は必要なく、悟りの境地は文字では表現できぬ）とか、「以心伝心」（真理は体験により心から心へと伝える）といった文言があり、「只管打坐」（ひたすら坐禅あるのみ）などと言うではないか、漢詩文なんて……と思いつつも早速先生から上村観光編『五山文学全集』全五冊を借用して目を通そうと試みたのだが、如何んせん予備知識も全く無く、ただその膨大な量に圧倒され途方に暮れたことを今も忘れない。

その後、五山文学とは距離を置くようになってしまったが、三十代の終わり頃に、それ迄住んでいた富山から京都へと勤務先が替わることとなった。何と転任したその女子大学の裏手には京都五山（天龍寺・相国寺・建仁寺・東福寺・万寿寺。別格として南禅寺がその上に位置付けられている）の名刹があったのである。上洛程ない頃、その相国寺所蔵品の展示を覗いてから、恐る恐る改めて禅林文学の漢詩（禅宗では詩偈というらしい）を拾い読みするようになった。此度は玉村竹二編『五山文学新集』全六巻を揃え、眺めるようなつもりで始めたのである。二十代の頃より多少は理解もできるかと思えて来たというのは御愛嬌、禅宗の歴史や思想の内実、禅書の知識にも事欠くので解釈の当否も定かではないが、楽しむという気軽さで頁（ページ）を繰っていたところ、自分の故郷に程近い処出身の僧の詩集に目がとまった。わが故郷の詩僧と言えば良寛（一七五八―一八三一）様くらいのものと思い込んでいたのですっかり驚いてしまったのだ。

2

その僧とは雪村友梅（一二九〇―一三四六）である。彼は越後国白鳥郷（しらとりごう）の出身とある。その地は現在の長岡市の西方、国道八号線沿いに今も残る地名である。私はその西隣りの柏崎市と刈羽（かりわ）村との境界の一村に生まれ育った。有名な柏崎・刈羽原子力発電所は車で十分あまりの処である。それはともあれ、先の白鳥は、私の子供の頃には柏崎・長岡間の曽地峠（そちとうげ）越え（関（せき）原（はら）経由）のバス（越後交通）で必ず通る所だったが、中世も室町初期という時代にその鄙（ひな）の地から飛びぬけた俊才が出ていたとは思ってもみないことだった。このあたりは、良寛の時代でもそうだが、雪深い貧しい地とばかり思っていたのだ。そして、また彼は希有な運命に直面した人でもあった。

雪村は伝記（『雪村大和尚行道記』）によると、郷塾を生業(なりわい)とする家に生まれたらしい。あの当時そうした教育的環境がこの地にあった――但しどの程度のものであったか疑念も残る――ということにも吃驚(きっきょう／びっくり)したが、彼は幼時より聡明さを発揮して郷党(きょうとう／ふるさとのひとたち)の期待を負い、更なる学びの場を求め、十二、三歳の頃に鎌倉へと旅立ったと云うのだ。当時学問を積むには禅宗の寺院に赴く他に手立てはなかったからである。

その頃の鎌倉には、建長・円覚両寺の住持として高名な一山一寧(いっさんいちねい)（一二四六―一三一六）がいた。一山はもともとは、文永・弘安の役（所謂「元寇(げんこう)」。一二七四、八一年）の後、元が更に帰服を迫る外交使節の一員として渡来した（一二九九年）禅僧である。ところが、当時の人々はその学識の深さに尊敬の念をもって接遇した。そこで、彼は日本に留住し、多くの弟子を育て、日本禅宗史に画期をもたらす存在となった。

友梅は彼の下で侍童（童行(ずんなん)・喝食(かっしき)・沙弥(しゃみ)の類(たぐい)か）となり、秀(ひい)でた才能を示した。特に語学（中国語。当時の禅学は多く中国語により学ばれていた）に堪能だったようだ。そして研鑽(けんさん／ふかいまなび)を積んだ後、上洛して正式に僧となり、十八歳で留学僧として渡元の機会(チャンス)に恵まれる（一三〇七年）。

先ず彼が向ったのは、寧波（明州）を経、湖州に在った道場山（一山と同門の叔平が住持）である。その地で一旦は旅装を解き、改めて善知識（導いてくれる良き師）に参禅すべく諸国行脚に出、河南・河北（義玄がかつて止住していた臨済宗の聖地臨済院がある）、そして大都（北京）へと赴いている。

彼の詩集『岷峨集』（二巻。後人書写のためか未整理なところもあるようだ）には私のような者にも楽しめる詩があるので、以下では少し採挙げながら記してみたい。

3

憶㆓玉雲老人㆒　　玉雲老人を憶う

雨洗山横秋後色　　雨に洗われ　山は横とう　秋後の色
雪凌松老歳寒姿　　雪を凌いで　松は老ゆ　歳寒の姿
阿師無恙滄溟外　　阿師　恙無きや　滄溟の外
想見虚堂提麈時　　想い見る　虚堂に麈を提ぎし時を

現代語訳　玉雲老人（師の一山一寧）をおもう

雨に洗われ山は秋の後（つまり冬）の色相で横たわっており、雪を凌いで松は歳月を重ねて老い、歳の暮れに寒々とした姿を見せている。（そんな時折しも師を想い起こし）吾が親わしき師は、青き海原の彼方（の日本）で穏やかにお過ごしだろうか。師ががらんとした部屋の中で払子を手にされている時を私は想いやるのである。（七言絶句）

行脚の途次に思わず郷愁にかられて作ったものだろうか。第二句には『論語』子罕の有名な一節、「子曰、歳寒、然後知松柏之後彫也」（子曰く、歳末の寒さがやってきて、はじめて松や柏など、常緑樹の葉の抵抗力の強いことが分るのだ。訓読・訳は宮崎市定）がふまえられているのは勿論なのだが、特に難しい表現もなくわかり易い一首だろう。彼はこの二年程の「観光」（『易経』に出る言葉で、諸国を視察するという程の意味）行脚で多くの寺院に参禅し道場山に戻って来る。

その頃出会ったのが、中国書道史上、元代を代表する書人と言っても良い趙孟頫（字は子昂。一二五四―一三二二）である。彼は復古主義を標榜して王羲之の書風を復活させ、それ迄の蘇東坡（一〇三六―一一〇一）・黄山谷（一〇四五―一一〇五）・米芾（一〇五一―一一〇七）といった宋代の書風を一掃してしまったとまで言われている（大雑把な言い方になるが、中国書道史の展開は王羲之風とこれに相対する書風が入れ替わり流行するパターンとみてよい）。当時呉興（浙江省）に居た彼に謁した雪村は、唐の李邕（六七八―七四七。羲之の行書を学んで一世に独歩したと伝えられる）の筆勢に倣った一筆を示した。すると、その出来映えに趙も感嘆し、香墨を贈って称賛を惜しまなかったと伝えられている。

雪村の筆跡として現存するものは少なく、北方文化博物館（新潟県）所蔵の一幅と建仁寺塔頭禅居庵所蔵の「出山釈迦画讃」くらいだろうか。殊に前者はとても伸びやかな温雅な筆致で、激しさや雑なところは微塵も無く、王羲之の書風に通ずるように感じ、趙の称賛も宜なるかな、と私などは思うのだ。その一幅に認められた七絶一首を次に掲げてみよう。

雪逕清寒蝶未知　　雪逕の清寒　蝶未だ知らず

暗香時遣好風吹　　暗香　時に好風を（遣わ）して吹かしむ

野橋漏泄春光処　　野橋　漏泄す　春光の処
政在横斜一両枝　　政に横斜の一両枝に在り

題は見えないが、「暗香」「横斜」に、かの宋の林逋（和靖先生。九六七－一〇二八）の名句「疎影横斜水清浅。暗香浮動月黄昏」（「山園小梅」）が暗示される通り梅花詠にまず間違いはあるまい。因みに私なりに訳を添えるなら次のようになるだろうか。

雪の小道の澄みきった寒さを蝶は未だ知らぬ。どこからともなく良い香りが心地良い風に乗ってやってくる。野辺（の川）に掛け渡された橋、その春の陽射しが漏れる処、そうまさにそこの横ざまに傾き伸びた一、二本の枝に梅が咲いているのである。（七言絶句）

かくして、友梅の留学僧としての日々は順調に進むかと思われたのだが……。

4

彼が入元した頃のこと、実は明州で大事件が発生していた。元日間の私貿易に絡むいざこざに起因すると思われる慶元路の焼打事件（一三〇八年）である。俗に云う倭寇の関与も取り沙汰され、元の官憲により犯罪者の執拗な探索が行われ、多くの日本人捕縛が行われるに至った。師叔平の庇い立ても空しく、彼は容疑者として霅川（湖州）の獄に繋がれ、地獄の責め苦に逢い死地に追い込まれる。その時咄嗟に放ったのが次の偈であったと言う。

乾坤無地卓孤筇　　乾坤　地として孤筇を卓つるところ無し
喜得人空法亦空　　喜得す　人は空に　法も亦空なるということを
珍重大元三尺剣　　珍重せよ　大元三尺の剣
電光影裏斬春風　　電光の影裏に　春風を斬ると

現代語訳　この天地の間に一本の杖すら立て得るところはない。喜ばしいことだ、人という存在も、仏の教えもすべて空（実体などない）なのだと知った。大元国の兵たちよ、お前たちが手にしている剣（「三尺剣には漢をうち立てた高祖劉邦の故事も喚起されるか）を大事にし給え（私の存在など本来空なのだから、その首をはねて何になろう）。稲妻が一瞬きらめき、春風を斬るのに似たようなものだ。（七言絶句）

この句は宋の禅僧無学祖元（一二二六―八六）が元の兵刃に首をはねられようとした時に詠じて死を免れたと伝えられている偈である（『元亨釈書』巻八）。雪村もまたその偈により死の窮地から脱することができたと言うのだ。その後、彼は先の無学の偈の四句を一句ずつ詠詩の冒頭に据え四首の七言絶句を作しているが、その中から次の一首を挙げておこう。

皇慶二年二月初七、在㆓雪川禁中㆒、朗㆘誦無学禅師遇㆓兵劫㆒伽陀㆖。因㆓折句㆒拝和、以見㆑意焉。

皇慶二年（一三一三）二月初七、雪川の禁中に在りて、無学禅師の兵劫に遇いしときの伽陀（偈のこと）を朗詠す。折句に因りて拝し和して以て意を見わす。

且喜人空法亦空　且喜す　人は空にして　法も亦空なるということを
大千任是一樊籠　大千は是の一樊籠に任す
罪忘心滅三禅楽　罪は忘れ　心も滅す　三禅の楽
誰道提婆在獄中　誰か道う　提婆　獄中に在りと

現代語訳　人も仏法も空であるとは何と喜ばしいこと。三千大千世界（この世）は一つの鳥籠のようなもの（煩悩）だが、それは捕われたわが身にも似、ならばそれに身を任せてみよう。それでこそ罪業を忘れ、無念無想の境地に至り、身も心も最上の快楽をうるというもの。提婆達多は仏弟子だが悪念を生じ釈尊の殺害を企てた極悪人、そんな者に自分はなりはしないし、そんな者が獄中にいるなどと誰が言おうか（言う者などおるまいよ）。（七言絶句）

この後、大赦（一三二六年）に遇うまで、彼は雪川の獄中から西方へと送られ、十余年にわたる流謫の身となってしまうのである。

5

最初の流刑地は古都として名高い長安であった。恐らく大運河を北上するルートを通ったものと思われ、旅次に次のような作が見える。

又和
百城烟水一枝筇
触目無非是幻空
童子会参無厭足
鑊湯炉炭起清風

又和す
百城の烟水　一枝の筇
目に触れしものの　是れ幻空に非ずということ無し
童子　会く参じて　厭き足ること無し
鑊湯炉炭より　清風起こる

現代語訳　次々と多くの町並が（運河に）たちこめるモヤの中に見れては隠れし、一本の杖の他何もない旅。こうしていると今自分の目に触れるものすべてが幻であり、空であると観ずる他ない。善財童子は求道の菩薩として名高く、その苦難の遍歴は修行者の範たるものだが、その童子のようにどれ程辛苦が襲いかかろうとも、もうたくさんだ、ということはない（いくらでも受けよう）。それでこそ煮えたぎる釜の湯や燃えさかる炉中の炭火より清爽な風が起こるという禅の境地に至りうるというものである。

彼は肉体的にも精神的にも苦痛・苦難にさらされていたに相違あるまいが、この異国での運命を従容として受け入れ、流謫を己に課せられた修行の機会ととらえていたように思う。

また、次のような作もある。

偶作

函谷関西放逐僧
黄皮痩裏骨稜層
有時宴坐幽岩石
只欠空生作友朋

偶作（十首中の第一首より）

函谷関の西に　放逐されし僧
黄皮にして痩せたる裏に　骨稜層し
時有って宴（晏に同じ）坐す　幽岩石
只だ欠くは　空生を友朋と作すことのみ

現代語訳　私は函谷関より西に、追放された僧である。疲れ果て痩せ衰えた体は角ばった骨が皮膚を高く突き上げるという有様だ。時をえて幽静な岩山の場に坐禅を組む。ただ（今の己は未熟で）「解空第一」（無の境地に達した存在）とされる須菩提を友とする境地にまでは至っていない。（七言絶句）

これらの作には真摯な修行者としての姿勢が彷彿と浮かび来て好ましいものがある。「函谷関」は河南省北部、洛陽から長安に至る途中の両崖そそり立つ中にある険しい関として知られる。「黄皮」は病み疲れた様を言う。

禅林の僧だから誰でもこのように深刻な修行詠になるのかと言えば必ずしもそうではないようだ。そこで同じ坐禅を詠んだと思しき別の僧の作を少し覗いてみよう。例えば次のような作である。

夜聞レ雁　　夜に雁を聞く　　虎関師錬

短褐由来夢未全　　短褐　由来より　夢未だ全からず

霜威況重五更前
数声柔櫓過窓上
還訝此身波底眠

霜威(そうい)　況(いわ)んや重(かさ)なるをや　五更の前
数声の柔櫓(じゅうろ)　窓の上を過ぐ
還(かえ)って訝(いぶか)る　此(こ)の身の波の底に眠るかと

（『済北集』巻五）

現代語訳　（この寒い秋に）単衣(ひとえ)の麻の粗末な衣だからもとより夢などまだみることもない。夜明け前ともなると霜が降(お)りて冷気も半端(はんぱ)ないからなおさらのこと。（折しも）数声の柔(やわ)らかな櫓を漕(こ)ぐ音（のような雁の声）が窓の上方(うえ)を通り過ぎてゆく。おや妙なこともあるものだ、このわが身が波の底に在って眠るのかという気がしてきたことだ。（七言絶句）

虎関師錬（一二七八―一三四六）は五山第一の学僧と言って良い人で、一山一寧に学んでいるので雪村とは同門ということになる。二十歳で仏典・禅書・九流百家の漢籍や本朝の書籍も渉猟(しょうりょう／よみあさる)し尽くしたという天才で、『済北集(さいほくしゅう)』（詩文集）『聚分韻略(しゅうぶんいんりゃく)』（韻字書）『元亨釈書(げんこうしゃくしょ)』（日本最初の本格的仏教史書）等多くの著述を残している人物である。詩の第三句は白居易詩の雁の声と舟の櫓の音を重ねた表現（平安・中世の詩歌世界で多用された）に倣って詠んだもので、自分の頭上で櫓の音がするというのだから、自分は波の底に居ることになるという理屈で、理知的・機知的センスを垣間見ることができるように思う。

また、次のような作はどうだろうか。

丁未九月十四
夜、対レ月而作。

六年九月十四夜
天影無痕月似氷
看到暁鐘不成臥
老蟾応訝坐禅僧

丁未（一三六七年）の九月十四
夜、月に対いて作る。　　義堂周信

六年九月　十四夜
天影痕無く　月氷に似たり
看るうちに暁鐘に到り　臥を成さず
老蟾応に訝るべし　坐禅の僧を

（『空華集』巻二）

現代語訳　貞治六年九月十四日の夜、天空の月には欠けたるところもなく、光は氷のように降り敷く。（その月を）うかがいみているうちに明け方の鐘を耳にする頃となり、横になることもなかった。あの月（に住むというヒキガエル）もこの坐禅の僧（自分）を見てさぞ妙なやつだと思っていることだろうよ。（七言絶句）

義堂周信（一三二五―八八）は夢窓国師（疎石。一二七五―一三五一）の弟子で鎌倉（円覚寺・報恩寺）に二十年あまり居たこともあるが、足利義満（一三五八―一四〇八）に召し出されて建仁・南禅両寺の住持となった。「学殖の義堂、詩才の絶海」と併称され、絶海中津（一三三六―一四〇五）と共に五山文学の双璧とされ、『空華集』（詩文集）『空華日用工夫略集』（日記）他がある。右の詩の題が「十五夜」（望月）でなく、かと言って後の明月と称された「九月十三夜」（院政期以降に漢詩や和歌によく詠まれた）でもなく、「十四夜」というのも興味深いが、十四夜の月も満月同様十分に円く曇りなく輝いているのは言うまでもない。先の師錬の作と同じくさして難しい文字を用いることもなく、結びの表現には剽軽な遊び心を私は感じてしまう。

閑話休題。「自己見性」（自己を見つめる）の表現には私のような未熟者には察することができない点もあるだろうが、禅僧の詩といってもいろいろで、「詩禅一致」をめざす禅林の世界は多様で楽しむに足るものがあると改めて思う。

6

さて、雪村のことである。長安に辿（たど）り着いた彼の身の寄せ処については定かではないが、厳しい拘束や監視を受けていたという様子はないように思う。恐らく寺院あたりに止住し、自由な行動も時には許されていたのではあるまいか。

唐が滅び（九〇七年）、五代十国を経て宋（九六〇―一二七九）となり、都は汴京（べんけい）（河南省開封）・臨安（浙江省杭州）から、さらに元（一二七一―一三六八）では大都（北京）へと遷り、長安が再び都となることはなかった。雪村が流される前年（一三二二年）に長安は奉元城（ほうげんじょう／げんにたてまつるまち）と改称され、唐の後は一地方都市として四百年の歳月を重ね来ていた。だが、猶歴史的文化の餘燼（よじん）は残っていて、その一端に触れ得たことは、彼の詩心を募らせるものとなったのではなかろうか。

石甕寺

平生無夢曽行路
繍嶺東辺渭水南
一逕盤空雲背嶮
半崖松子落禅扉

石甕寺

平生夢みること無きも　曽て行きし路
繍嶺の東の辺　渭水の南
一逕空に盤るがごとく　雲は嶮を背にす
半崖　松子　禅扉に落つ

現代語訳　日頃夢にもみたことないのだが（石甕寺への道は）昔往来したようにも思われてならない。美しい山（驪山）の峯の東、渭水の流れの南になる。一本の道がまるで空へと曲がりくねる（九十九折の）ように続き、雲は高く険しい峯を背にして棚引いている。半ば切り立った崖からは松笠が寺に落ちて物静かなたたずまいである。（七言絶句）

石甕寺は長安の東方、驪山のほとりに在る。その地は青々とした松柏も美しく、関中八景の一つ「驪山晩照」に挙げられ、日没頃には雲霞がたち込めて殊に美景を称えられている。あの唐の玄宗が華清宮（池）を営んだ所として名高く、白居易の「長恨歌」の一節などを想起される読者もおられよう。盛唐の儲光羲（七〇〇？—六八？）や中唐の王建（？—八三〇？）にも「石甕寺」詩があり、前者の句に「遥山起真宇。西向尽花林。下見宮殿小。上看廓廡深。苑花落池水。天語聞松音……」などと詠まれている。前掲雪村詩の結句に、私は思わず「山空松子落。幽人応未眠」（韋応物「秋夜寄丘二十二員外」『唐詩選』）や「槐花満院気。松子落階声」（白居易「夏夜宿直」）といった句を想起してしまったが、雪村も唐詩に親しんでいたのは間違いあるまい。「輞川道中」「宿鹿苑寺〈王維旧第〉」は当然王維（七〇一—六一）を意識して詠んだものだ。王維は詩画一体の人として名高く、仏教に帰依して字を摩詰と云う。よく知られているようにその字は『維摩経』の主人公維摩詰からとったもの。わが聖徳太子（『維摩経義疏』）に依れば、維摩は正覚（正しい悟り）の境地に至った「大聖」と称えられており、雪村もそれを知っていたであろうか。

次の一首も寺院を訪れた作。

九日遊翠微　　九日翠微に遊ぶ

一巡盤回上翠微　　一巡盤回して　翠微に上る

千林紅葉正紛飛　　千林の紅葉　正に紛として飛ぶ
廃宮秋草庭前菊　　廃宮の秋草　庭前の菊
猶着（看）寒花媚晩暉　　猶看る　寒花の晩暉に媚びるを

現代語訳　山道をぐるぐるとまわりめぐって翠微寺へと登ってゆく。折しも数多の木々の紅葉が入り乱れ飛び散っている。廃れた宮殿の跡には秋の草が生え、庭先には菊が咲いていていて、私はその寒々とした花が夕陽に映えひときわ美しいのに見入っている。（七言絶句）

「九日」とは九月九日重陽のことで、この日には古くから山や小高い丘に登り厄払いをする習慣があり、漢詩によく詠まれている。「翠微」は一般に山の意で用いられることも多いが、ここはかつて唐太宗（五九八―六四九）の御世に翠微宮が置かれていた地で、雪村の訪れた頃には翠微寺となっていた。長安の南方の遥か郊外の終南山（この山も多くの詩に詠まれる）に在った。「寒花」は冬の花や菊花の異称として用いられ、ここは転句の菊花を指す。猶、結句の一字「着」（底本による）に作るが、これでは意味を成さない。写本類にはまま見える誤写で

「看」とすべきだろう。
次の作も長安での詠。

雑体

我非陶靖節
而愛北窓趣
無頼羲皇風
颯然撩新句
傭書筆常尖
旧稿今半蠹
即懐倜儻才
何用懃細故

雑体（十首中の其二。延祐三年〈一三一六〉）

我は陶靖節に非ず
而れども　北窓の趣を愛す
羲皇の風に頼ること無く
颯然として　新句を撩む
傭書　筆常に尖らするも
旧稿　今は半ば蠹いぬ
即ち　倜儻の才を懐う
何ぞ用いん　細故に懃むるを

現代語訳　私は陶潜ではないが、夏の北の窓辺の涼風を愛する。彼の云う羲皇（伏羲以前の太古）の風をよすがにするというわけでもないが、さっと吹きぬける風の中で新たな句を成したりする。書物を書写したりする仕事に就いて常に筆先を細くとがらせているが、以前から認めていた私自身の詩文の原稿は今は半ば虫食い状態という有様だ。他でもない衆人にかけ離れて優れた才能があったらなあと思ったりする。それなら些末な小事に精出す必要も無いのだが…。

（五言律詩・仄韻詩）

「北窓趣」とは陶潜（字淵明。三六五―四二七）が、「五六月中、北窓下臥、遇涼風暫至、自謂是羲皇上人」（「与子儼等疏」。息子の儼たち五人への遺言書）とよく言っていたということをふまえている（伏羲以前の太古の人とは、俗世を脱した高尚な人というニュアンスか）。彼は中国詩の長い歴史の中でも最も長く多くの人に敬慕され続けている詩人である。そのコンパクトな集を読んでいると、人の心の孤独と悲哀、生のはかなさに向き合いつつ詠った最初の詩人ではなかっただろうかと思われてならない。勿論日本でも古代から江戸時代にかけて熱心な愛読者を得ていたと言って過言ではなく、雪村がその詩文に親しんでいたとて何の不思議もあるまい。

また、次のようにも詠じている。

雑体
吾不歓人誉
亦不畏人毀
只縁与世疎
方寸淡如水
一身縲絏餘
三載長安市
吟哦聊適情
直語何容綺

雑体(ざったい)（十首中の其五）
吾(わ)れは人の誉(ほ)むるを歓(よろこ)ばず
亦(また)　人の毀(そし)るをも畏(おそ)れず
只(ただ)　世と疎(うと)きに縁(よ)り
方寸(ほうすん)　淡きこと水の如(ごと)し
一身(いっしん)　縲絏(るいせい)の餘(よ)にして
三載(さんさい)　長安の市(いち)にあり
吟哦(ぎんが)すれば　聊(いささ)か情(こころ)に適(かな)う
直語(ちょくご)し　何ぞ綺(き)を容(い)れん

現代語訳　私は人が褒(ほ)めるのを嬉しいとも思わず、人が貶(けな)すのも畏れはしない。ただ世俗と疎遠で、吾が心は水の如く淡泊(たんぱく)にして何の欲も無い。わが一身は獄に繋(つな)がれし果ての身で、今にして三年間長安の市井(しせい／ちまた)に在る。こうして詩句を吟じたりして

いるといささか心にかなう気がして、ありのままに表現し、特に飾り立てるような
こともしないのだ。（五言律詩）

このように彼は好んで詩を吟じていたようだから、現存の『岷峨集』所収詩以外にも多くの詩を詠んでいたに違いないという気がしてならないのである。

7

長安生活も三年と詠じた延祐三年（一三一六）、朝議により、彼は更に西方の蜀の都成都へと流されることとなる。関中から剣門を経て、成都に至る道は、かの有名な李白の長篇詩「蜀道難」にも詠まれているように峻嶮な山岳地帯――所謂「蜀の桟道」の難所もある――の旅で、彼は艱難辛苦の末に辿り着いたものと思われる。

成都と言えば、蜀錦（精巧で美しい織物）は古来有名であり、正倉院にもその端切れが残っているらしい。また、農業も盛んで、薬剤豊富な地としても知られる。『三国志』の世界を

想起する人もいようし、司馬相如や揚雄（いずれも前漢の名高い文人）の故郷であり、或いは唐の杜甫（七一二―七〇。四年間住んだ浣花渓に杜甫草堂がある）の詩や名妓薛濤（?―八三四?女流詩人として有名）を喚起される方もおられようか。張籍（七七八―八三〇?）は「成都曲」で、

錦江近西煙水緑　　錦江の近西　煙水緑に
新雨山頭茘枝熟　　新雨の山頭　茘枝熟す
万里橋辺多酒家　　万里橋辺　酒家多し
遊人愛向誰家宿　　遊人　誰が家にか宿るを愛まん

現代語訳　錦江（成都を流れる川）に近い西、モヤのたつ川は青く澄み、雨が降ったばかりの山にはライチの実が熟している。万里橋（舟着き場もある繁華な街区で詩にもよく詠まれる名所）あたりには酒家がたくさんある。はてさて旅人は一体どの家に泊まるのがお好みやら。（七言絶句）

と詠んでいる。もっとも僧の彼はそんなことより、あの『漢訳大蔵経』開板（宋太祖の命で九

七一年より十二年かけて完成）の地であることや仏教の聖地の一処峨眉山（成都からはかなり離れてはいる）、更には西方のチベット仏教の世界にも近いなどと思っていたかも知れず、流刑の地といいながらも彼にとっては新たな体験の地、思い出深い地となったものと思う。それは今この文章で採挙げている彼の詩集が『岷峨集』（蜀の名峰の岷山と峨眉山からとられている）と名付けられていることからも明らかであろう。以下成都での作に少し触れておこう。

癸亥春晩、朴菴遊二青城一回、誦二子美石刻
丘字韻詩一。予因追和、姑寛下不二同遊一之恨上。云爾。
癸亥（一二二三年）の春晩、朴菴の青城に遊びて回り、子美が石刻を丘字の韻詩に誦す。予因りて追和し、姑し同遊せざる恨みを寛む。云うこと爾り。

山人誇我碧山幽　　山人　我に碧山の幽なるを誇る
曽倚瓊欄十二楼　　曽ち瓊欄の十二楼に倚ると
翠壁岡風郷月転　　翠壁　岡風　郷月転り

緑湾流水落花浮
麻姑道応環中妙
杜老詩新意外求
勝概会心心已足
冷然何必跨崑丘

緑湾　流水　落花浮かぶ
麻姑の道は応じて　環中に妙に
杜老の詩も新たにして　意外に求む
勝概は心に会いて　心已に足り
冷然として　何ぞ必ずしも崑丘に跨らんと

右の序文めいた題と詩の意味は次のような内容だろうか。朴菴は道士の友人のようだが私にはよくわからない。

一三二三年の春も晩く、朴菴が青城に旅をして帰って来て、杜甫（字は子美）の石刻を見て、「丘」字の韻（尤韻）とする詩に詠じた。そこで私はすみやかに唱和する詩句を綴り、しばし旅に同行しなかったわが無念さを思い宥めたことだった。以上の通りである。

青城の人である朴菴が故郷の旅から戻り、私に青城山の幽深な趣を自慢するのだ、十二楼（高楼を云う）の美しい欄干に寄りかかり山下を眺めたことをね。みどりのあざやかな崖や峰に吹く風に、故郷を照らす月が空をめぐり、緑の草木を映す深く清らかな川の隈や流れに、散り落ちた花が浮かぶ。麻姑池への道はよく通じていて、石刻の杜甫（の詩）も新鮮で、思いの外に心引かれたとのこと。その優れた景色は十分心にかなうものだったとみえ、心も満ち足りたわけで、一体どうして（西王母の住むという）崑崙山くんだりまで行く必要があろう、なんて（朴菴は）涼しい顔つきなのだ（そんなところなら一緒に旅したかったものだ）。（七言律詩）

青城山は丈人山とも言い、成都の西北のやや離れた処にある山（海抜一六〇〇M程という）で、杜甫の愛した山（「丈人山」詩もある）として知られ、「竹は青城を覆いて合す」（「野望因過常少仙」詩）と詠まれているから竹の緑（遠望すれば青く見え、「青城」にまことにふさわしい）の美しい山であったらしい。山中には道教関係の施設も多く、とりわけ上清宮はよく知られた処で、中庭には麻姑池（天池とも。美貌の仙女麻姑が丹を浴びたと伝えられている）がある。峰頂に至ると川西平原と岷江の激流が遠望されて勝地にふさわしい処と云う。石刻の杜甫詩とは「丈人山」詩を云うのだろうか、無案内で私にはわからない。

また、右の詩から二年後の次のような作もある。

乙丑春日偶成　　乙丑（一三二五年）春日偶成

亀城東際寺　　亀城　東際の寺
蟹井北辺房　　蟹井　北辺の房
一宿我何恋　　一たび宿して　我れ何をか恋う
三年賓自忘　　三年　賓として　自に忘る
宴安雖可楽　　宴安　楽しむべしと雖も
艱阻備曽嘗　　艱阻　備に曽て嘗めき
万里鷗盟在　　万里　鷗盟在り
長江日有航　　長江　日びに航有り

現代語訳　成都の町の東の際にある寺、蟹井の北のほとりの房に落ち着いている。ひとたびここに住するようになってから心には何の執着することも無くなり、三年の歳月もまるでお客さんのように遇されて已に流人としての身を忘れてしまう程だ。こうして安穏な日々を楽しむべきではあるが、これ迄（流人としての旅の辛苦、殊に成都への途次病に苦しみ極度の疲労を体験し）艱難辛苦をすべて嘗め尽くしてきた（から、すぐには心を入れかえかねる）。（とは言え）錦江に架かる万里橋あたり（の繁華街）で、世俗を離れたような風雅な交友（作詩したり、経典を講じたりといった、禅僧としての僧俗との交際を言うだろうか）もある。（そこは）毎日長江へと下って旅の舟が発する処でもある。（五言律詩）

そんな意味ではなかろうか。「亀城」は成都の町を言い、「万里」は市街の南、錦江に架かる橋の名称で、「万里の行も此の橋から始まる」意が込められていると云う。近くに舟着き場があり、その周辺は酒肆も多い繁華街であったことは先の張籍の詩でも触れた。「鷗盟」は俗世を越えた交友関係を言う。鷗は機心（偽り企む気持ち）があると寄りつかなくなると云う故事（『列子』黄帝）とも関わりがあるか。ここは世俗的な利得に関わらない人達の集まりを彼が持っていたことを物語っていて、最早流人としての生活ではなく、むしろ敬仰されるような存在（仏書や経史書の講説などもしていたかも知れない）となっていたように私は臆測するのだ。

8

さて、先の詩の翌年（一三二六年）のことだ。彼は大赦に遇い、十年程暮らした成都を離れることとなる。三十七歳の夏のことであった。成都の僧俗の友人達への別れの長篇詩（「雪山唫、留㆓別錦里諸友㆒」）を残し、彼は長江へと下る旅に出ることとなる。

平差（羌）

天澹澹　雲閑閑
扁舟夜泊平差（羌）湾
水声驟雨雑松籟
峨眉山月氷輪環

平羌（差は誤写）

天澹々たり　雲閑々たり
扁舟　夜に泊す　平羌の湾
水声　驟雨　松籟に雑り
峨眉山月　氷輪環る

現代語訳　天は広々として果てし無く、雲は盛んに湧く。夜に小舟は平羌の入り江の舟着き地に宿る。岷江の流れやにわか雨の音が松吹く風の音にまじり、（それが晴れると）峨眉山に昇った月が氷のように澄み冴えて夜空をめぐる。（雑言詩）

平羌は岷江を南下した嘉定州（かていしゅう）に在り、峨眉山を西南に望む地である。

十九至㆓重慶㆒舟中苦㆑熱

（八月）十九（日）重慶（じゅうけい）に至り舟中にて熱きに苦しむ

嘉州七月愁伏雨　嘉州七月　伏雨（ふくう）を愁い
渝州八月困残暑　渝（ゆ）州八月　残暑に困（くる）しむ
山川何処異乾坤　山川　何処（いずく）にか　乾坤（けんこん）を異にする
造物戯人遽如許　造物　人に戯れて　遽（にわ）かにして許（かく）の如し
炎涼態度何足云　炎涼の態度　何ぞ云うに足らん
江上風波嘗嶮阻　江上の風波　嶮阻（けんそ）を嘗（な）む
長嘯推蓬玉宇浮　長嘯（ちょうしょう）し　蓬（とま）を推（お）せば　玉宇（ぎょくう）浮かぶ

眼明白鳥横烟浦（渚）　眼明かに　白き鳥は烟渚に横たわれり

現代語訳　嘉州の七月は（三伏の）酷暑の雨を愁い、渝州（重慶）での八月は厳しい残暑に悩まされた。だが、この山河（の地である蜀）の天地はどこも同じようなもので、造物主（神）は人を弄んでたちまちこんな具合になるのだ。暑かったり涼しかったりと、いちいち文句を言ったところで仕方あるまい。（これ迄も）川の荒波や山道の険しさ（の旅）の辛さは身にしみて体験し尽くしてきたのだ。ゆったりと声を伸ばして詩を吟じ、舟屋の苫を押しのけると、月が水面に浮かび、目にも明らかに白い鳥がモヤのかかる水際に翼を休めているのが見やられる。（七言律詩・仄韻詩）

などと詠むうちに舟は重慶を過ぎ行く。やがて長江の流れに乗って東方へと下り、洞庭湖中の君山に遊び（「冬月遊二君山一」）、湘水（河南省）を溯り衡山に至り（「遊二南嶽一寄二渓文丈一」「上二祝融峯一」等の作あり）、廬山（江西省九江の南方）に逗留する。かの地は天下の勝地として広く知られ、気候も温暖で、東林寺・西林寺・遺愛寺・廬山寺等多くの寺院があり、慧遠・謝霊運・李白・白居易・蘇東坡らにも因む詩跡とも言うべき地である。

その後、彼は更に長江を下り、運河と合流する鎮江（江蘇省）で「焦山」「金山」の詩を詠んでいる。禅門の大道場として有名な餘杭（浙江省）の径山にも出向いている（「玉山師翁〈痴絶道沖〉」）ので、或は一旦烏程（湖州）の道場山に戻っていた可能性もある。かつて雪村を庇ってくれた師叔平が、彼の流謫後程なく命を奪われたことを知ったのも、その時ではなかったであろうか。

9

雪村が湖州を出て福州に向かい、元僧の明極楚俊・竺仙梵僊（古林清茂の弟子）、日本僧の天岸慧広らと帰国したのは元徳元年（一三二九）のことで、渡元以来二十餘年の歳月が流れていた。彼は着岸した博多から直ちに鎌倉を目ざしたと言うが、その伝記には驚嘆すべき劇的な場面が用意されている。

彼が鎌倉に入る一歩手前、由比ヶ浜にさしかかった時のこと、乗馬の彼は泥穴に嵌まって落馬し、着物を泥塗れにしてしまう。そこで小舎に立寄り洗い乾かしていたところ、老媼が出て来て泣きながら言うのだ、「吾が子は僧となり遠い所に行ってしまい、長の歳月を経ても帰らぬのだ」と。思いがけず心を高ぶらせた彼が、老媼に近付き見つめると、何と尊き吾が母ではないか。二人は見合い「悲喜(ひき)茫然(ぼうぜんとして)、夢耶(ゆめか)、非夢耶(ゆめにあらざるか)」と奇跡的な感激の再会を果たしたことになっているのだ。

右の話はあまりに出来過ぎで、高僧伝にありがちな説話という気がする。事実の検証など私には到底できないが、ただ苦難の果てに無事帰国した雪村がその奇跡で報(むく)われたような気もしたのだ。それは、彼が次のような詩を作っていたことを想い起こしたからかも知れない。

萱

沢国春風入草根
誰家庭院不生萱
遠懐未有忘憂日
白髪垂垂独倚門

萱(わすれぐさ)

沢国(たくこく)の春風　草根(そうこん)に入る
誰が家の庭院(ていいん)にか　萱(けん)を生ぜざる
遠く懐(おも)うに　未だ憂いを忘れる日有らずして
白髪垂々(すいすい)　独(ひと)り門(かど)に倚(よ)るならん

現代語訳　沼沢(しょうたく)の多いこの地では春風が草の根まで届く。どこの家の庭にも萱（かや。忘れ草）は生えるもの。私は遠く母のことを懐しく思うのだ、きっと母は（帰らぬ私のことを）思って憂いを忘れる日などいまだないままに、白髪を垂らし垂らしした老いの身でひとり門にもたれて（帰りを）待っていることだろう。（七言絶句）

こんな雪村の母を慕う詩が現存本『岷峨集』の末尾に置かれていたのである。

また同時に私は実は次のような詩も想い起こさずにはいられなかった。

遊子　　　遊子（ゆうし／たびびと）　　　孟郊（七五一―八一四）

萱草生堂階　　萱草（けんそう）　堂の階（きざはし）に生ず
遊子行天涯　　遊子（ゆうし）　天涯（てんがい）に行けり
慈親倚堂門　　慈親　堂門に倚り
不見萱草花　　萱草の花を見ず

現代語訳　忘れ草が座敷の階段（きざはし）あたりに生えている。旅人（となった子）は天の果て（は）の遠くへと行ってしまった。慈悲深い（母）親は家の門のところに身を寄せ（子の帰

りを待って）、忘れ草の花など見向きもしない。（五言絶句）

「慈親」は特に母親を意識しているはずだ。母のことを「萱堂（けんどう）」とも言う。「堂」は母（主婦）の常居の北堂（表座敷の北側に在った）を指し、「萱」は食すると憂いを忘れるという草の名でもあった。母親は子をいつもひたすら心に懸けて思うもの。それを痛い程感じていた雪村のことを思えば、先の逸話（エピソード）は必要不可欠のものだったのかも知れないと私はふと思ったのである。

［主要参考文献］

玉村竹二『五山文学新集』第三巻（東京大学出版会、一九六九年）
蔭木英雄『五山詩史の研究』（笠間書院、一九七六年、増補改訂版『中世禅林詩史』同上、一九九四年）
小野勝年『雪村友梅と画僧愚中』（非売品、一九八二年）
今谷　明『中世奇人列伝』（草思社、二〇〇一年）

碩学(せきがく)孤高——新井白石——

1

もう半世紀近い昔の学生時代のことになる。新井白石（一六五七—一七二五）に聊か興味を持ち、その全集を繰(く)ったことがある。その時ふと漢詩の頁(ページ)に目が止まった。勿論当時のことだから読みこなせない詩も多かったのだが、印象に残って今に忘れえない詩が二首ある。時計（「自鳴鐘」という題だった）と西瓜(すいか)を詠んだ詩である。前者はやや長篇で、和時計の仕組みがわからないと読み解けそうになかった——確か構造や仕掛けを子細に述べ立てていたような記憶がある——から途中で諦めたのだが、後者は何とか訓(よ)めたことが嬉しかった。

その頃の私と言えば……自詠の漢詩や和歌などを書作するという一風変った書道団体に所

属していたが、書も漢詩もからっきし下手(へた)で、しょうもない作品ばかり書いていた。だが、いろんな漢詩人の詩を読むことは結構好きだったので、西瓜や時計の詩の出現に驚き、きっと漢詩詠としては早い頃のものに違いない（ともすると漢詩世界は古い伝統的な題材が多い）などと新鮮に覚えたものだった。その西瓜の詩とは次のようなものである。以下拙い訓読と現代語訳を私なりに付し話を進めることにしたい。

2

戯詠㆓西瓜㆒　　戯(たわむ)れに西瓜(すいか)を詠(よ)む

西域分奇種　　西域より　奇(く)しき種を分(わか)たれて
東門学故侯　　東門にて　故侯に学(なら)う
黄花鵞毳細　　黄花には　鵞毳(がぜい)のごとく細(こま)やかなるあり
青蔓蝶鬚勾　　青蔓(せいまん)には　蝶の鬚(ひげ)のごとく勾(まが)れるあり
実大如金斗　　実の大(だい)なること　金(かね)の斗(ます)の如く

形円似翠毬　形の円きこと　翠の毬に似たり
綺筵紅欲下　綺筵にて　紅下らんと欲し
玉斧月応修　玉斧にて　月応に修るべし
矞作蘇卿雪　矞めば　蘇卿の雪と作り
漱成孫楚流　漱めば　孫楚の流れと成る
鮮虹凝血色　鮮やかなる虹にして　血の色に凝めしごとくなれば
似飲月支頭　月支が頭にて　飲むにも似たり

現代語訳　（この西瓜なるものは）西域（中国）から物珍しい種を分けてもらい、東門（日本では江戸）にてあの東陵侯邵平に見習って栽培されてきたものなのだ。その黄色い花には（よく見ると）まるでガチョウの和毛のような細やかなものが生えているし、青い蔓が延びると蝶の触覚のようなものが輪状に生じたりする。その実の大きさは金の一斗升（18リットルほど）くらいだろう。形は丸く緑の手毬のようなのだ。美しい敷物の施された宴にでも出されると、その紅い果肉は汁もしたたらんばかりに見え、庖丁で半月の形に切り分けるのがよろしかろう。それをかじると、あの蘇武が雪を含んだ時もかくやと思われるひんやりとした舌ざわりを覚えるし、口に含むと、あの孫楚が川の流れに口すすいだ後のような爽やかさも感じられる。鮮やかな虹の色のようで、血を固めたような果肉の色なので、（食べていると）まるであの匈奴の王が、攻め滅ぼした月支の国の王の頭蓋骨を杯にして酒でも飲んでいる気持ちになってくる（から妙なものだ）。（五言十二句）

というわけで、巧みな対句表現や故事を用いて綴り成され、少々不気味な比喩で結ばれているのが何とも興味深く思われたわけなのだ。題に「戯」の一字を添えたのは恐らく末句を意識してのことではなかっただろうか。そして、その表現の背後にあるのは、きっと次の王維（七〇一―六一）の作だろう、などと思い至ったのは、その当時書道の師に薦められて偶々『唐詩選』を読んでいたからに他ならない。

送二平淡然判官一　　平淡然判官を送る

不識陽関道　　陽関への道を識らず

新従定遠侯　新たに定遠侯に従わんとす
黄雲断春色　黄雲は　春色を断ち
画角起辺愁　画角は　辺愁を起こさん
瀚海経年別　瀚海　年を経たる別れ
交河出塞流　交河　塞を出づる流れ
須令外国使　須らく外国の使いをして
知飲月支頭　月支が頭に飲むことを知らしむべし

現代語訳　（あなた〈平淡然〉はこれまで）陽関への道も知らなかったことでしょうが、この度新たに節度使様の配下となり旅をする身となりましたのですね。（赴かれる辺境の地は寒冷の地で）雪催いの雲が春の景色を拒み、兵の吹く角笛の音がさぞや憂愁をかきたてることとなりましょう。（遥か遠い西域の）瀚海の地に赴かれるのですから、この先何年もお別れすることになるのですね。（あなたは）交河の辺塞あたりを流れる様子を眺めながら過ごされる（わけで、時に戦もあるでしょうから大変なことでしょう）。（でもお役目を果たされ）外国の使節に対しては（毅然とした態度で）わが国の唐では、滅ぼした国の王の頭蓋を杯として酒を飲むこともあるのだと（その勢威を）知らしめねばなりませんですぞ。（五言律詩）

「陽関」と言えば、やはり王維の作である「君に勧む更に尽くせ一杯の酒。西のかた陽関を出づれば故人無からん」（「送元二使安西」）を想起する方もおられよう。玉門関と共に西域の辺境と中国との境界（甘粛省の敦煌の西南）の関所として知られ、その詩句は繰返し詠じられる「陽関三畳」としても有名である。「定遠侯」とは後漢の名将班超のことで、西域に出征して大功あって、定遠侯に封じられたことをふまえているが、ここでは辺境地方の軍事・行政を担当していた節度使という程の意で良かろうか。「黄雲」は「十里の黄雲白日曛し。北風は雁を吹き雪紛々たり」（高適「別董大」）ともあるように降雪になることを暗示させる重苦しく惨澹とした雲のイメージだ。「画角」は辺地の軍営で吹かれる角笛の美称。「瀚海」はゴビ砂漠のこととも、バイカル湖のこととも言うが、要するに西域をイメージすれば良かろう。「交河」も西域トルファン（新疆省）の地で、川の名称でもある。以上はつまり平淡然のこれから赴く辺境の地を詠んでいるわけである。そして、「月支頭」は、『史記』や『漢書』

の大宛伝に見える記事により、同じ作者の辺塞詩「燕支行」にも用いられている。匈奴の王は、強大を恃み匈奴を軽んじているとして月支国を攻略し、王を殺してその頭蓋骨で酒器を作ったと言う。それは遁走した月支国の人々を恐懼させる象徴的な行為だったのである。

3

ここで、もう一度白石の詩に戻って、王維詩同様に少し解説を加えておきたい。「故侯」とは故秦の東陵侯であった邵平を指す。秦が滅ぼされた後に彼は布衣の身となり、長安城の東に瓜を植え育てていたが、その美味が喧伝され「東陵の瓜」と称されるようになったという故事（『史記』蕭相国世家）がある。第三・四句には特に典故はないようだ。だが、この一聯は実際に西瓜の成長を観察していないと詠めない句ではないかと私は思う。第八句の「玉斧」はここでは庖丁（の美称）という程の意だが、『江戸漢詩選　儒者』（新井白石の項参照。一海知義・池澤一郎注。岩波書房、一九九六年）にこの詩が採挙げられ、その注で『酉陽雑俎』（天咫。『太平広記』巻二七四にも所引）に見える故事と教えられた。丁度その頃、私は中国類書を少しずつ買い揃えていて、江戸期の文人が座右に置いていたという『事文類聚』や『円機活法』を眺めていたところ、偶然「玉斧修月」「玉斧修」（いずれも「月」の項）の見出し項目で『酉陽雑俎』が引かれているのに気付いた。鄭仁本のいとこと王秀才なる者が山中で道に迷い、眠っていた道士を見つけて帰路を教えられるのだが、その前に道士が自分は斤で月を削っている者の一人だと述べ、彼らにその削った玉の屑を与え、これで一生無病でいられると言ったという話が記されている。一海・池沢注にはその故事を詠込んだ王安石（一〇一九―八六）の一句「玉斧修成宝月円」（「題二画扇一」）も付記しているが、前記二類書の「玉斧」云々の見出しは恐らく王安石のその句から摘語して付注したものと思われ、白石詩作の背景の一端を垣間見たような気もした。第九・十句の「蘇卿」「孫楚」は当時の基礎的教養書とされた『蒙求』でも有名な「蘇武持節」「孫楚漱石」の故事。蘇武は漢の武帝の命で匈奴に使いしたものの洞窟中に拘禁され飲食も断たれた。たが、敷物の旃毛と雪を併せ咽んで生き長らえ、匈奴の人を驚かせたという故事。孫楚は若い頃隠遁しようと友人の王済に「石を枕に、流れに漱ぎ、俗世で汚れた心を清らかにする」と言うべきところ誤って「石で漱ぎ、流れに枕する」と言ってしまう。そこで王済がそんなことできないだろうと突込むと、「流れに枕するのは俗世の汚れた話を聞いた耳を洗い清めるため、石に漱ぐとは歯を磨くためだ」と強弁したという故事。要するに臍曲がりな人ってことだ。あの明治の有名な文豪夏目氏が、その親友の正岡氏の書き留めた号のメモの中から「漱石」を選んで用いたことはよく知られていることだろう。これらの表現の背景にある類書（故事等を満載した表現辞典）の役割にもまた大きなものがありそうだ。

4

ところで、私がここで試みたかったのは以上のような詩の解釈ではない。白石・王維双方の末尾に詠まれていた頭蓋骨の杯についてもう少し踏み込んで記してみたかったのだ。

研究者としての道に入った頃、敬慕する師から日本随筆大成（全八十一巻。吉川弘文館）を読むことを勧められ、しばらく続けていたことがある。様々な小記事の一つひとつがさながら研究ノートかメモにも思えてきて、江戸人士の学識・教養の高さ、知に対する旺盛・貪欲な姿勢にしばしば驚嘆させられたものだった。その中の『笈埃随筆』（百井塘雨編。「笈」は書物を入れ担ぐ竹製のかご。「埃」はほこり。要するに学び聞いたことのメモの集積というほどの意か）を読んでいた時のこと、興味深い記事に遭遇した（以下現代語訳で記す）。

相模国の教恩寺に、中将平重衡卿と千寿御前が酒宴をした時の盃がある。大きさは近頃の世の平瓜のようである。内側も外側も黒塗りで中に梅花の蒔絵が施されている。私が江戸に居た時、高野蘭亭（一七〇四―五七。荻生徂徠に師事）という人がいて、盲人で詩人として知られていたが、どうしたことか、その盃を乞い得て所持していた。因みにこの人は髑髏盃をこしらえようと、世間のありふれた人のそれではつまらぬということで、鎌倉にある大館次郎（宗氏。鎌倉幕府打倒の為に挙兵したが鎌倉で討死）の墓をあばいたところ、急に一天かき曇り、雷鳴降雨がひどくなったが、やっとのことで取り得て帰り、盃にして楽しんでいた。ところがその翌年の某日に死んでしまったのだった。庶人の墓でさえ濫りに発いてはならぬものだが、ましてや勇士の霊とあればどうしてそのままでおられよう。蘭亭は元来盲人で、詩作などする性分ゆえ慢心も甚しかったと見え、そんな災いに遭うこととなったのだ。恐れ慎しむべきことである。因みに云えば、史記に趙襄子智伯が首を酒器とすると言い、元の呉元輔の句に「髑髏盛レ酒飲二清風一」と云う句もある。我が朝にては、織田信長公が浅井父子・朝倉義景を討ち亡し、その生首を盃にしたという。「この三人は我（信長）らに大いに苦労をかけた者だが、今はこうして思うがままになった！」と、柴田勝家はじめ一座の大名に酒を賜ったが、明智光秀ひとりだけ下戸だったせいか辞退して飲まなかったところ、信長公は強いて一杯飲ませた、と云うことである。近頃大阪の天満の与力町の中田何某は諸芸に達した大上戸である。秘蔵の大盃を持っていて、これも髑髏を金箔で塗り、八合入れとし、大酒飲みだったから、必ずこの盃で人に飲酒を強いた。自分は豪快に飲むにしても、どんな高陽の酒徒（酒飲みのこと。秦末漢初の酈食其が自嘲した韜晦の言葉）だって嫌がるだろうに……。

文中に見える高野蘭亭の奇癖は、原念斎の『先哲叢談』（巻八）等にも引かれてすっかり有名になったが、頓死の死因そのものは眉唾物と言うべきか。念斎は興に乗じて蘭亭の親友秋山玉山（?—一七六三）の有名な長篇詩「髑髏杯行」（『玉山先生遺稿』巻一）を採挙げて話を更に面白くしている。どうやら髑髏盃は蘭亭のキイワード?らしい。それはともあれ、こうした記述に依ると髑髏の酒器は中国だけのことではなかったのだと知られよう。

5

そこで次に気になったのが、織田信長の件である。即ち浅井久政・長政父子と朝倉義景の頭蓋で作られた杯で、信長が光秀に飲酒を強いたと記していることである。はて……その出処はどこなのだろうか……ということになるのだが、私はこれまで深く詮索したことがないのでよくわからない。

信長の行実については、その側近の太田牛一の記した『信長公記』（慶長五年〈一六〇〇〉頃成る）が最も信頼できる資料として知られていて、後の『続本朝通鑑』（林鵞峰）や『日本外史』（頼山陽）も用いている。それに依ると、天正二年（一五七四）正月一日、信長の岐阜城に、京都や隣国の諸将が新年の挨拶に参上し、酒宴が催されたと云う。その後更に信長直属の御馬回衆だけの宴となった処で、「世にも珍しい酒肴」が出される。何とそれは前年八月に討ち果した浅井親子と義景の首の「薄濃」（漆を塗り金粉等を鏤めたり彩を施したりして工芸化されたもの）であった。折敷に置かれ、人々は飲み且つ謡いなどして、信長公も大層御機嫌だったと記している。それだけで、光秀云々のことについては格別記すところはない。

だが、その「薄濃」逸話は、信長の嗜虐・偏執狂的性格を物語るものとして屢小説や映像作品でも採挙げられている。例えば、私の愛読する作家のひとり藤澤周平は、光秀の心理を細かく巧みに描写してゆく中で、「信長の狂気が見えてくるようだった（『逆軍の旗』）と記さずにはおれなかったし、童門冬二も「居合わせた者は一様に慄然として顔を見合わせた。（お館は狂っておられる）中でも明智光秀は信長の狂気に戦慄した」（『信長―破壊と創造』）と云うようにである。

元亀年間（一五七〇―一二）から天正十年（一五八二。六月に本能寺の変）にかけての十年あまりは、信長にとって「天下一統」への殊に苦闘を強いられた歳月であったと言って良い。あの悪名高い比叡山焼討（一五七一年九月）や長島一向一揆衆徒二万餘の焼討（一五七四年八月）もこの間のことで、それらも残虐非道の所業として語られるのが常のようである。

新井白石（『読史餘論』）も、薄濃逸話には触れないが、信長は生来残忍な性格で詐術で志を遂げて来た人物なので最期が良くなかった（家臣の光秀に暗殺された）のも自業自得だと述べている。

だが、叡山焼討については、白石もその意図を理解して、仏徒の堕落と中世以来の暴力的僧兵の兇悪を除こうとした点は大いなる功績だとしている。この記述は彼の史家としての鋭い指摘だと私は称賛せずにはいられない。一向衆徒焼殺についても、私見を敢て記せば、戦乱という苛烈（かれつ）にして酷薄な時世に生きる信長にも彼なりの論理はあったのだと思う。宗教の狂信者との戦いは洋の東西を問わず、いつの時代も残酷悲惨な結末となる。その責任をここで一方的に信長（彼もそれ迄に甚大な被害を受けている）側に押しつけて溜飲（りゅういん）を下（さ）げて良いものかどうか……私は危ぶまずにはおれない。それは、そうした狂信の闘争を唆（そそのか）した宗教側の指導者（石山本願寺。門主は顕如（けんにょ））にも、信長同様に応分の責任を負うてもらわねばならないと思うからだ。宗教は神聖にして不可侵なもの、などと私は必ずしも思わない。それもまた人間（ひと）という厄介（やっかい）な存在が営むものに他ならず、身勝手な独善と偽善、人間の抱（かか）える醜悪さを潜（ひそ）ませていることは、歴史の証するところではなかったか。従って一方的に宗教側に免罪符など与えてはならない。人間ほど狡猾（こうかつ／ずるがしこい）にして冷酷で恐ろしい存在もまたないのだ。

6

ところで、白石の多くの著書の中でも一般に最もよく知られているものと言えば……高校の古典の教科書にもかつては掲載されていた『折たく柴の記』（三巻。享保元年〈一七一六〉十月起筆）だろうか。子孫の為に残すと記すその自叙伝には、祖父や父のこと、己の生立ちから始まり、学問に没頭した不遇時代をへて仕官が叶い、やがて六代将軍家宣（一六六二―一七一二）の絶大なる信任の下に、儒者として御進講に勤めると共に、諮問を受け、政治顧問として幕政に参画し、持病を抱えながら次々と重要な役割を精力的にこなしてゆく様子が記されている。当時の世相や政務の状況、将軍家の御下問への対応に至る迄、時にかなり具体的詳細に言及していて実に興味深い一書である。これを基に広く史料（日記も勿論含む）に目配りしながら彼の日常に迫ったのが藤澤周平の小説『市塵』であり、恐らくこれを越える白石小説はなく、不朽の名作と私は信じて疑わない。

政治音痴の御迷惑将軍？綱吉（五代。一六四六―一七〇九）の時代に幕府の財政は已に破綻していたようで、金・銀貨の改鋳といった弥縫策が行われたりしているが、それを実質独擅的に差配していた勘定奉行荻原重秀の手法について、彼は子細に検討した上で異を称えており、その人品に対する批判にも峻厳なものがある。この貨幣改鋳論議は白石にとって最も重要なものであったから、繰返し詳述されていて印象深いものがあるが、また一方、朱子学の宗家であった林家の大学頭信篤（鳳岡。鵞峰二男。一六四四―一七三二）との論難なども記されていて興味深い。例えば、信篤が年号（正徳）について、「正」の字を用いるのは不吉だと改元を論じ立てたことに対し、白石は詳細に例を挙げながら理非曲直を弁じている。こうしたことを思うと、私ごときが言うまでもないのだが、彼の言説は現実や事実に立脚して説く合理的な剛直とも言える姿勢に貫かれており、今日の人々にも多くの示唆を与えるものでありえよう。その意味で言えば、この書は子孫の為に、と言いながらもそれを越えて、一人の学儒の生き方、己の信念の表白として万人に読み継がれることを期待されているようにも思うのだ。

白石は七代将軍家継（家宣四男）の卒去（享保元年〈一七一六〉四月）を経て、紀伊徳川家の吉宗（一六八四―一七五一）が八代となるに及んで、長年の同志とも言うべき間部詮房（一六六七—一七二〇）と共に罷免され、幕政の表舞台から去った。だが、やがて彼は学儒としての旺盛な執筆活動を開始し、多方面の夥（おびただ）しい著作を刊行することになる。今それらについて逐一触れるのは避けざるをえないが、せめて後半は当時詩人としても名高かった彼の作品を少しばかり摘読して楽しむこととしたい。猶、前掲の一海・池澤注に学恩を蒙（こうむ）ったことも予め付記しておきたい。

7

白石にちょっと風変わりな次のような詩がある。

容奇
曽下瓊鉾初試雪
紛紛五節舞容閑
一痕明月茅渟里

容奇（ゆき）
曽（かつ）て瓊鉾（けいぼう／あまのぬぼこ）を下（くだ）し　初めて雪を試（こころ）みたもう
紛々として　五節（ごせち）の舞容（ぶよう／まいすがたみやびやか）閑（かん）なり
一痕（いっこん）の明月　茅渟（ちぬ）の里

幾片落花滋賀山
提剣膳臣尋虎跡
捲簾清氏対龍顔
盆梅剪尽能留客
済得隆冬無限艱

幾片の落花ぞ　滋賀の山
剣を提ぎて　膳臣は　虎跡を尋ね
簾を捲げて　清氏は　龍顔に対う
盆梅剪り尽くして　能く客を留め
済い得たり　隆冬　無限の艱を

この詩は後に江村北海（一七一三—一七八八）の『日本詩史』（巻四。一七七一年刊）が云うように「一時の遊戯」の作に他ならないものの、とても面白い趣向で、すべて日本の故事を用いて詠まれている。ある冬の日、さる貴人に招かれた折、主人に詩を求められたので彼が題を伺うと、「容奇」と書して示し、自分を試してきたのだという。彼はその意を「雪」のことと悟り、すぐに七言律詩を呈した。その題意を汲みつつ全篇に我が国の〈雪に関わる〉故事をふまえ綴り成していた（その点「容奇」、つまり奇を容れる、或は奇を容すという意にも叶うか〈奇は思いもよらぬ意〉と私は思った）ので、一座の人々は感嘆したと記されている。已に行届いた注もあるが、私なりに付足したいこともあるので敢て少し詳しく触れてみたい。

第一句は『日本書紀』の初めのイザナギ・イザナミ両神の国生みの神話の件に依る。天浮橋に立たれて天瓊矛で探り滄海を生み出された時、引き上げた矛の先から滴り落ちた潮が凝り結んでオノゴロ島になったと云う。その潮即ち塩を雪に見立てたわけだ。その比喩には『世説新語』や『蒙求』（謝女解囲）に見える有名な故事がある。謝安が一家の集いの折、雪がひどく降って来たのを見、「この様を何と見るか?」と問うと、兄の子の謝朗が「塩を空に撒き散らしたようだ」と言ったことが白石の脳裏に在ったに違いない。もっともこの逸話では、謝道韞の「柳絮が風に舞う様、というのには及ばないわね」と答えた方が圧倒的に有名で、漢詩詠ではこちらの比喩が後世好んで用いられている。

第二句は「五節」の起源と舞姫の美しさを意識したもので、『源平盛衰記』（巻一）の次の一節をふまえている（現代語訳で示す）。猶、「紛紛」は雪の降る様でもある。

天武天皇が芳野河に御幸し、御心を澄まし琴を弾いておられますと、神女が空より降りてきて、清見原の庭で廻雪の袖を翻し舞ったのですが、天が暗くて見えなかったので、あの玉（唐の皇帝から授けられたという崑崙山の五つの玉）を出され、仙女の姿を御覧になら

れました。玉の光に輝き、
乙女子が乙女さびすも唐玉を乙女さびすもその唐玉を
と五声歌いながら五度袖を翻すのです。五人の仙女の舞姿はそれぞれ異なる節でございまして、それで「五節」と名付けられたのです。

更に右の文中の傍点部に注目すれば、その表現は明らかに洛水の神女の美しい舞姿を詠む曹植の名高い「洛神賦」の一節「髣髴として軽雲の月を蔽うが若く、飄飖として流風の雪を廻らせるが若く……」も白石の脳裏に在っただろうと思う。

第三句の「一痕」は月に用いられる語彙で、「一痕　掐破　碧天　秋」の案句が『円機活法』（巻一・新月）に見えている。諸橋轍次の弟子達が寄り集まって編纂に傾注した『大漢和辞典』（大修館書店）には「遥看一痕月。掐破楚天青」（元淮「端陽新月」）「燈前　夢断　家千里。馬上　詩成月一痕」（鮮于薄「早発」）「坐　久　忽　驚　涼　影　動。一痕　新月在梧桐」（文徴明「閑興」）という挙例が見える。恐らく元・明代以降の表現という気もするが、白石の表現は確かに文徴明（一四七〇―一五五九。書人としても有名）の句構成に近い（一海・池澤注）。

こんなところからも白石の詩集読破の広さが窺い知れる気がする。

但し、「茅渟里」の白石の意図が私には当初全くわからなかった。茅渟と言えば、允恭帝の寵姫衣通郎姫（軽大郎女）が住居として与えられた海辺の離宮（茅渟宮。大阪府泉佐野市上之郷に在ったらしい）くらいしか思い当たらない。だから太田南畝（『一話一言』巻二六）が「茅渟里」に海に対する山の離宮の「ヨシノ（吉野）」と訓みを付けたのはなんとも機智に富んだ指摘で驚きだ。即ち南畝はこの句の背景に『百人一首』にも採られている有名な坂上是則の歌、

朝ぼらけ有明の月と見るまでに吉野の里に降れる白雪　（『古今集』332）

を想起したわけである。なるほどこれなら雪の題意にも叶う。なんだそれなら初めから、例えば「芳峰里」（「吉野里」では平仄に難、「芳山里」では第四句の「山」と重複する難がある）とでもしてくれたら良かったのに……などと思ったのは凡人の浅知恵だったに相違あるまい。

第四句は「滋賀山」と雪を「落花」に見立てていることから、次の歌が喚起される。

白雪の所もわかず降りしけば巌にも咲く花とこそ見れ

（『古今集』324紀秋岑「志賀の山越にてよめる」）

頷聯は以上のようにいずれも和歌詠を背景にしていることになるのだが、猶、雪を月の光や花に見立てるのは実は漢詩では常套表現でもあり、和歌がそれを学んでいることも白石なら知らぬはずはあるまい。

第五句は、欽明天皇の御代の人である膳臣巴提便の故事。彼が妻子を同道して百済に使いした時、浜辺に宿したところ、子を虎に食われてしまう。彼は夜に降った雪にその足跡を辿り刺殺して皮を剝ぎ還ったと云う。もとより『日本書紀』（巻一九）に見える話だが、『本朝蒙求』（貞享三年〈一六八六〉刊）や『本朝語園』（寛永三年〈一七〇六〉刊）『絵本故事談』（正徳四年〈一七一四〉）等の通俗本にも見えることから、これも多少なりと教養を心得た人の間ではよく知られた話であったと言えそうである。

第七句は、有名な「香鑪峯の雪はいかが？」と清少納言が問われ、御簾を挙げたという故事で、高校の古典の教科書にもよく採られている挿話に基づき、白居易の詩句（「遺愛寺の鐘は枕を欹（そばだ）てて聴き、香鑪峯の雪は簾（すだれ）を撥（かか）げ（捲（まい））て看る」の句は『和漢朗詠集』にも採られ広く知られていた）に依るもの。一般的には『枕草子』の記事で、清少納言が中宮定子に問われて応（こた）えた所作である。だが詩中では「対二龍顔一（りゅうがんにたいす）」（「龍顔」は『蒙求』「漢祖龍顔」に依り皇帝や天皇を指す）とあり、一条天皇を指すことになる。恐らく「虎跡」の対語として「龍顔」としたかった故（ゆえ）であろう。勿論白石が先の故事を間違えたわけではない。実は一条天皇が清少納言に問うという文脈になっている書も古くからある。『悦目抄（えつもくしょう）』『十訓抄（じっきんしょう）』『本朝女鑑（おんなかがみ）』（寛文元年〈一六六一〉）『本朝列女伝』（寛文八年刊）『本朝蒙求』『絵本故事談』などといった通俗本にも見えていて、そちらの説を意図的に利用したのである。

最後の聯には、有名な謡曲「鉢木（はちのき）」の物語がふまえられている。最勝寺入道（北条時頼）は修行者姿に身を俏（やつ）し、諸国巡察の旅——後の水戸黄門漫遊譚の下敷となった（金文京）——に出たが、上野（こうずけ）の佐野（群馬県高崎市）あたりで夕暮れとなり大雪に遭（あ）う。一夜の宿を佐野源左衛門（さののげんざえもん）宅に頼み、赤貧洗うが如（ごと）き家にて粟飯（あわめし）のもてなしを受けるのだが、あまりに寒気の募（つの）る中、源左衛門が秘蔵の鉢の木（盆栽の梅・松・桜）を惜しげもなく薪として暖をとらせてくれたと云うものだ。猶、「隆冬」（厳寒の冬）の一海・池澤注には楊万里「隆冬架を圧して人の摘む無し」の句が引かれるが、因みに『円機活法』（巻三・苦寒）には「隆冬時候尚単衣」の案句が提供されている。

このようにして当該詩を読み解いてくると、白石の和漢の文学・歴史にわたる蘊蓄を改めて思い知らされることになるのである。

8

白石の幕政上での活躍期は、家宣が六代将軍となった宝永六年（一七〇九）からわずか七年程の間のことである。この間殆ど無名から成り上がって重用寵遇されたという周囲の眼もあったから、引退後はその反動も大きく、多くの人に避嫌されるところとなったと仄聞する。いろんな考え方があろうが、この世を、いや世間の人の心を支配しているのは何か？　ともし問われたなら、私は迷うことなく、それは欲望と羨望・嫉妬だと答えるだろう。いい意味でそれが生かされれば、その人の精進のエネルギーにもなるだろうが、遺憾ながら……そうはならず、時に昂じて憎悪や怨恨に至ることさえあるというのが人という存在の醜悪なところである。他人を誹謗中傷したり、揶揄嘲笑したりする人の何と多いことか……今日のネット社会にはそうした露骨な感情も溢れているではないか……などと私のような小心者は暗澹たる思いに拘われてしまう。

ともあれ、彼の引退後の詩を最後に少し採挙げてみることとしよう。

九日示二故人一　　九日故人に示す

黄金不結少年場　　黄金もて結らず　少年の場
独対寒花晩節香　　独り対う　寒花の晩節に香しきに
十載故人零落尽　　十載にして　故人は零落し尽くし
故園秋色是他郷　　故園の秋色も　是れ他郷

現代語訳　若かった頃、派手に金を使って人付合をしたこともなかった。今こうして重陽の日に菊の花が遅い時節にかぐわしく咲いているのにひとり向き合っている（自分も晩節を汚すことなくかくありたいものだ）。この十年ほどのうちに親しかった友人達の多くが世を去ってしまった（り、音沙汰もなくなったりして、かつてと状況はすっかり変ってしまった)。こうして自分は故里の秋の景色を目の前にしているが、まるで他郷にでもいるような思いでいることだ。(七言絶句)

白石は若い頃から貧窮の中で独学苦学を重ね来た人で、妻子を抱えてからも清貧な生活が続いていたから、第一句に云うように金銭を散財するなどもとよりできるはずもなかった。六朝詩以来の所謂(いわゆる)「結客少年場行(けつかくしょうねんじょうこう)」「少年行」(楽府(がふ)題。威勢のいいやくざなカッコつけた若者(あんちゃん)を詠む詩)の類の表現を借りきて、戯れの自嘲の言を吐くことで、自ら困窮を凌(しの)いで今日に至ったという、むしろ自恃(じじ)のような心情が窺われるようにも思うのだが、どうだろうか。また この一首に私は思わず、

君不見　　君見ずや
今人交態薄　　今人の交態(こうたい／つきあい)の薄(うす)きを
黄金用尽還疎索　　黄金用(もち)い尽くせば　還(ま)た疎索(そさく／よそよそしい)
以茲感歎辞旧遊　　茲(ここ)を以て感歎(かんたん)して　旧遊を辞(じ)し

更於時事無所求　　更に時事に於て求むる所無し

（『唐詩選』。高適「邯鄲少年行」の一節）

現代語訳　諸君見たまえ、今の世の人の交遊の薄っぺらなありさまを。金を使い果たせばまたもとの冷たいよそよそしさ。そんなふうで歎かれてならず、旧友どもともおさらばして、これ以上世間に対し何も求めることなどない。

という句を思い起こしてしまった。

第二句は、韓琦（一〇〇八―七五）の名高い詩句（朱熹『宋名臣言行録』後集巻一）に依るが、『事文類聚』（後集巻一九・菊「晩節自況」）の方で記すと次のようになる（現代語訳とする）。

韓魏公（琦）が北門（『詩経』邶風「北門」により不遇を暗示する）に在った時、（九月）九日の宴で補佐の人達と共に詩句を成し口吟むなどしていて、「羞じず老圃に秋容の淡なるを、且看ん寒花（菊花のこと）の晩節に香しきを」と詠んだ。この句により、識者はその晩節の高きを知ることだろう。

晩秋の農園を己の老境と重ねた「老圃」、秋景色と己の衰貌を重ねる「秋容」、そして老いた己を恥ずかしいとは少しも思わない、こうして寒々とした時節にもめげずに芳香を放つ菊花をしばし見つめる……自らも老いたりと雖もかくありたいもの、という意であろう。

第三句には例えば私は「臨老交親零落尽」（「初冬即事呈夢得」）の白居易詩句を想起した。白詩にはこれに類似する表現が他にも見受けられる。

末句は、閬州（四川省）に在った杜甫（五十三歳）が陪席した餞宴詩の一節に「離亭非旧国。春色是他郷」（「江亭王閬州筵餞蕭遂州」）。この送別の宴の会場はわが故郷ではなく、眼前の春景色も他郷のものだ）とあるのを利用して成句したものだ。絶句のような短い詩でも中国古典詩の句を的確にふまえつつ詠むのは、（多分に衒学的ではあるが）そのまま彼の博識ぶりを示すものと言えよう。

更に次に最晩年の一首を掲げてみる。

癸卯中秋有感　　癸卯の中秋に感有り

〈今年五月、次子宜卿亡〉　〈今年の五月に、次子宜卿亡せたり〉

何堪今夜景　何ぞ堪えん　今夜の景の
不似去年晴　去年の晴れたるに似ざるに
天到中秋暗　天は中秋の暗きに到る
人同子夏明　人は子夏の明に同し
交游空旧態　交游　旧態空しく
衰老尚餘生　衰老　尚生を餘す
雲雨如翻手　雲雨は手を翻すが如くなるも
非関世上情　世上の情に関するに非ず

現代語訳　何とも耐え難い思いだ。この中秋の夜は（亡き息子と眺めた）去年のあの晴れ渡った空とは似ても似つかぬ。夜空は中秋を迎えたものの（月は顔を見せず）暗く、（人である）自分も子夏のように子を喪った悲しみに視力を失ったような気がすることだ（『礼記』檀弓上に「子夏、其の子を喪って其の明を喪う」とあるに依る）。友人達との交遊も昔とはすっかり変わってしまったが、老い衰えた吾が身にはまだ余命は残されておるようだ。杜甫は「手を翻せば雲と作り手を覆せば雨。紛々たる軽薄は何ぞ数うるを須いん」（「貧交行」）と世間の交情の誠意のなさを嘆いたが、私は世間の人の思惑などとは何の関わりもなく（亡き息子を思い浮かべて物思いをして）居るのである。（五言律詩）

『市塵』の末尾で、藤澤周平師はこの詩の訓読を掲げられ（小生の訓みとは少し異なるが）、「宜卿を悼む詩は、疎遠になった人々を見つめる詩になった」と味わい深い一言を記しておられる。どうやら私の基本的な理解の仕方は師と同じであろうと思われる。

前半二聯に息子を亡くした親の悲しみが色濃く滲む。暗い（今夜は曇ってしまっている）中秋名月の夜は、亡息との去年の思い出（その時は晴れていて共に名月を眺めている）を想起している彼の心の暗さでもあり、子夏の故事を引いて視力も失せたと強調する。

後半の二聯では老いゆく中での世間の交遊関係の空しさに言及する――中国古典詩にはよく詠まれるパターンではある、先の高適詩のように――が、ここで杜甫の表現を借りたのは前掲の詩の場合と同様で、彼の杜甫詩に対する親炙を物語っていると言えようか。

ともあれ、この詩には自らの置かれている現状を冷静に受けとめている白石の姿を私は思い描いてしまう。幕政に関わった歳月の中で、周囲の人々の嫉視、更に引退後には冷ややかな視線に曝されながらも怯むことなく、人の情念の悲しい性とでも言うべきものを確と見据える毅然とした孤高の白石を、私はイメージしたくて仕方ないようなのだ。

右の詩を作った享保八年（一七二三）から二年後の五月、彼は六十九歳の生涯を終えた。今年（二〇二〇年）その年を迎えた私自身は、ただただ馬齢を重ね来たことを改めて思う。もっともそれは私のような凡人にとってはとても幸せなことであったのかも知れない。

〔主要参考文献〕

桑原武夫『日本の名著15　新井白石』（中央公論社、一九八三年）
一海知義・池澤一郎『江戸漢詩選2　儒者』（岩波書店、一九九六年）
同　右『日本漢詩人選集5　新井白石』（研文出版、二〇〇一年）

あとがき――本書を手にされた方へ――

本書は先年（二〇二一年）に刊行した『詩人たちの歳月―漢詩エッセイ―』の続篇ということになります。筆者はここ六年ほど療養の身を餘儀なくされ、少々不自由な日々を送っており、外出する機会も少ない（このところの所謂コロナ禍もあります）のですが、多少調子の良い時には、毛筆を手に書作したり、漢詩や小説の世界に遊んで雑文を書いて過ごしています。前著と併せて十一篇の文章もそんな生活の中から生まれたものです。

私はこれまで四十年ほど漢文学や国文学、それに書の世界――いずれも中途半端なものですけれど――を楽しみながら生業としてきました。でも、振返ってみると、俗に云う専門分野――正直言うとこの言葉はあまり好きではありません――のほんの一握りの方々にしか読んでもらえないようなものばかり書いていたように思います。それでここ数年来は、広く多くの方々と楽しさを共有できるような本も書いてみたい、などと思い続けておりました。そんなわけで、多少作りごとめいた所もありますけれど（サブタイトルに「夢想」とある所以です）、あまり一般には知られていない日本漢詩の世界をとりあげ、詩人たちと作品の世界を、私なりにできるだけ面白く語ることができたら、と試みたものが前著と本書になったわけです。二書では、時代の範囲が古代と中世が主になってしまいましたが、今後書き継ぐ歳月に恵まれるなら、江戸時代や近代（明治・大正）へと拡げてゆきたいと思っております。また、やはり長い間親しんできた中国古典詩についても書きたいことが少なからずあります。

現在の思いはそんなところですが、古稀を越えてしまった老病の吾が身の先はなかなか見通せず遺憾ではありますけれど、本書を手にされ、興味を持って読んで下さった方々には、感謝と共に次の機会にまたお目にかかれますことを願っております。

令和五年初春

著者

著者紹介

本間 洋一（ほんま よういち）

1952年生。国文学・漢文学を学びながら書の創作活動にもつとめている（号／惇道・秋雪）。

博士（文学）。同志社女子大学名誉教授。

著書に『本朝無題詩全注釈』（三冊・新典社）『歌論歌学集成 別巻二（文鳳抄）』（三弥井書店）『史館茗話』（新典社）他がある。

詩人たちの運命―漢詩夢想― 日本漢詩の世界２

2023年６月25日 初版第一刷発行

著 者 本 間 洋 一

発行者 廣 橋 研 三

発行所 和 泉 書 院

〒543-0037 大阪市天王寺区上之宮町７-６
電話06-6771-1467／振替00970-8-15043
印刷・製本・装訂 遊文舎

ISBN978-4-7576-1070-5 C0095 定価はカバーに表示

日本漢詩の世界

本間洋一 著

詩人たちの歳月 漢詩エッセイ

1 ■四六並製・一三六頁・一六五〇円

日本古代の漢詩人たちの作品を味読し、詩人の心の一端に触れながら楽しみ味わう、著者初めてのエッセイ集。書き下ろし六篇を収録。

主な詩人 石上乙麻呂、嵯峨天皇、小野岑守、菅原清公、島田忠臣、菅原道真、紀長谷雄、藤原為時、藤原伊周、藤原行成、大江匡房、藤原敦光、中原広俊ら。引用作品に中国詩人の陶淵明、白居易。

本間洋一 著

詩人たちの運命 漢詩夢想

2 ■四六並製・一八四頁・一九八〇円

天皇・貴族・僧侶・武士といったそれぞれの階層に在った、苦悩する孤独な詩人たちの運命とその作品を、著者が共感をこめて語る一冊。

主な詩人 平城天皇、賀陽豊年、嵯峨天皇、源経信、藤原実政、大江匡房、藤原師通、大江隆兼、藤原季仲・基俊・忠通・頼長・道長、信西、雪村友梅、虎関師錬、義堂周信、新井白石、他。

和泉書院

（価格は10％税込）